Egyd Gstättner

Das Mädchen im See

Erzählung

EDITION ATELIER

Ich erzählte gestern abend Freunden, daß es in meiner Karriere drei bedeutende Ereignisse gibt: die Geburt, den Verzicht auf Tabak und den Tod.

E.M. Cioran, Cahiers 1957-72

Umschlaggestaltung: Richard Kienzl

Satz: Wiener Zeitung Digitale Publikationen GmbH
Druck und Bindung: Strohal, Müllendorf
ISBN 3-90249-804-8

1

Bei meiner letzten Seeumrundung in diesem Jahr bin ich am Nikolotag nach Maria Wörth gefahren um nachzusehen, was aus der im Sommer groß annoncierten „Wörtherseewinterwunderwelt" und dem „Biedermeierdorf Maria Wörth" geworden ist. Auf der brachliegenden Wiese gleich neben der Schiffsanlegestelle, die dafür vorgesehen war, habe ich weder den verheißenen Weihnachtsmarkt noch die Himmelsbackstube gefunden, weder Glasbläserei noch Schmuckhersteller. Bloß gefrorene Grasbüschel, weiß vom Reif. Kein Christkindlpostamt und keine jungen Mädchen mit langen Zöpfen und silbernen Engelsflügeln aus Watte, die hinter dem Schalter sitzen. Keine Kunsthandwerksausstellung, keine Kerzenschaugießerei, keine Likörverkostung, keine Buden mit gebratenen Maroni, Glühwein und Punsch, keine Panflötenbeschallung, kein Adventkranz und kein Lichterbaum. Und schon gar nicht war das Dorf der sommerlichen Verheißung gemäß in ein feierliches bläuliches Licht getaucht.

Nebelschwaden kamen von den Hügeln herunter und verfingen sich im schwarzen, kahlen Geäst der Bäume; die feuchte Kälte fuhr mir in alle Knochen. Es war grau, trüb, trist, unwirtlich – und Maria Wörth war wie ausgestorben: Keine drei Autos habe ich im Ort gesehen und noch weniger Menschen, als hätte der ganze Ort in Panik die Flucht ergriffen. Manche Souvenirläden waren verbarrikadiert, in manchen stapelte sich hinter den Schaufenstern noch der unverkaufte Kitsch der letzten Saison, alpenländische Filzhüte, Stickereien, Poloshirts, Küchenschürzen, geschliffene Gläser, Ansichtskarten:

Wenn nicht heuer, dann eben nächstes Jahr. Der *City-Friseur* war völlig ausgeräumt, nur das Waschtischchen und zwei Stühle standen wie vergessen mitten im kahlen Raum. Vor dem Verkehrsbüro ein Schild: „Das Tourismusbüro Maria Wörth ist ab 9. September geschlossen. Später kommende Touristen mögen sich an das Fremdenverkehrsamt von Reifnitz wenden.“ Mittlerweile war aber auch das in Reifnitz längst geschlossen. Eine Geistercity!

Alles ruht, einsam wacht nur ein armseliges, kaum menschenhohes Christbäumchen mit ein paar Glühbirnen auf dem Hauptplatz vor dem winzig kleinen Café Thalia. Das allein hat anscheinend geöffnet. Jedenfalls brennt im Inneren Licht, aber am einzigen Tisch sitzt niemand. Niemand steht vor, niemand hinter der Theke. Verglichen mit der angekündigten Eventadventstimmung, ist Maria Wörth in der verregneten Dezemberdämmerung geradezu ein agnostisches Manifest, habe ich gedacht, und Maria Wörth könnte genauso gut Maria Elend heißen. Das Projekt, habe ich sommers in der Zeitung gelesen, hätte die Besucher in die Biedermeierzeit zurückversetzen, von Ende November bis Maria Lichtmess in Szene gehen, um die fünf Millionen Euro kosten und vom Projektbetreiber und einigen Hoteliers finanziert werden sollen. Aber die Hotels sind alle geschlossen und eingewintert und haben sich von ihren Gästen mittels Hinweisschild an der Eingangstür bis Mitte Mai nächsten Jahres mit allen guten Wünschen verabschiedet, das *Astoria* wie das *Linde* wie das *Wörth*. Ganz umsonst kommt man aber bei keinem Wetter und zu keiner Jahreszeit nach Maria Wörth, auch wenn nicht die geringste Winterwunderwelt und nicht einmal ein bisschen Schnee vorhanden ist, schon wegen des schönen alten Kirchfriedhofs. Da möchte man gern begraben sein; nur sind die besten Gräber schon belegt. Und auch am allerprächtigsten Platz haben die Betroffenen eigentlich doch keine schöne Aussicht: Totsein mit Blick auf den See funktioniert letztlich nicht. Nördlich der Kirche, wo der Friedhof eine Seeterrasse ist, steht zwischen Gräbern und Gruften auf vier Betonklötzen eine große Glocke, die, wie im Kirchenführer zu lesen, 1989 einen Sprung erlitten hat – sofern Glocken leiden können – und durch einen Neuguss ersetzt worden ist. Nun läutet die Glocke nicht mehr, dafür aber steht auf ihr in 45 Sprachen das Wort „Friede". Obwohl es mir sicher nicht viel nützt und trotz des Nieselregens habe ich Kugelschreiber und Schreibblock aus der Brusttasche gezogen und notiert, was ich entziffern konnte: Französisch *Paix*. Slowenisch, tschechisch, kroatisch und polnisch *Mir*. Spanisch und portugiesisch *Paz*. Türkisch *Sulh*. Ungarisch *Béke*. Italienisch und rumänisch *Pace*. Lappisch *Rafe*. Katalanisch *Pau*. In Zulusprache *Ukuthula*. Lateinisch *Pax*. Baskisch *Bake*. Litauisch *Taika*. Niederländisch *Vrede*. Norwegisch und dänisch *Fred*. Estnisch *Rahu*. Russisch *MHP*. Deutsch: Friede. Hier: *Ruhe in Frieden* oder *Ruhet in Frieden*. Ruhen kann man ohnehin nicht anders, ruhen im Sinn von Totsein.

Seit ich nach meinem Herzinfarkt nicht mehr rauchen darf, kann ich nicht mehr schreiben: Jedenfalls nicht mehr dichten. Während mir früher kettenrauchend alles ganz automatisch zu Literatur geworden ist, gerät mir jetzt süßholzkauend nichts und nicht einmal das Naheliegendste mehr zu Literatur. Gedanken zerfleddern und zerflattern. Ich meide Menschen. Ich spreche so wenig

wie möglich. Ich schreibe nichts. Ich habe keine Einfälle, und es fällt mir auch nichts auf. Ich versuche, nur ja nicht auf mich aufmerksam zu machen. Ich habe aufgehört, an mich zu glauben.
Sobald ich mein Notizheft aus der Brusttasche ziehe, um einen Einfall, einen gerade gedachten Satz niederzuschreiben, ist er auch schon fort, unwiederbringlich. Alle Ärzte, mit denen ich über mein Verhängnis gesprochen habe, meinten, es handle sich bloß um eine vorübergehende, sicher auch herzinfarktschockbedingte Schreibblockade, die sich nach Ende des Nikotinentzugs sicher legen und lösen würde. Die Dauer des Entzugs sei individuell verschieden, er könne in vierzehn Tagen überstanden sein, in einem, zwei, allerhöchstens aber wohl sechs Monaten. Ich habe mit angehaltenem Atem geduldig vierzehn Tage gewartet, einen Monat, zwei Monate, sechs Monate, es ist nicht besser geworden. Ich habe mir statt der Zigarette eine Lakritzwurzel zum Kauen und Beißen in den Mund gesteckt, die ich mir eigens in einer Apotheke in Tarvis besorge, wie ich mir früher in Tarvis und Rateče Zigaretten besorgt habe, es ist nichts besser geworden. Auf der Straße zeigen die Kinder mit dem Finger auf mich komischen Mann, und wenn sie Indianer spielen, nennen die Sioux mich „Der den Ast isst". Mittlerweile sind fast zwei Jahre vergangen, und es wird nicht besser, allen ärztlichen Expertisen zum Trotz. Depression, Aggression, Resignation nehmen zu, ich selbst nehme auch zu, wie alle, die zu rauchen und damit zu verdauen aufhören. In den Arztbriefen ist von Diarrhöe die Rede, von Meteorismus, Blähungen, Lactoseintoleranz, Hyperlipidämie. Die Ärzte schreiben übrigens gar nicht mir, sondern sich

untereinander. Ich bin bloß das Thema, der Patient. Und der Postbote. Besser wird nichts. Mir fehlt meine Zigarette nach wie vor wie ein wegoperiertes Organ. Mit meinem Lebenselexier habe ich auch meinen Lebenssinn verloren: Mein Schöpfungswille hat sich zur Ruhe gelegt. Ich habe überlebt, aber ich bin gestrandet. Ich habe überlebt, aber ich habe damit *mich* überlebt. Inwendig bin ich abgestorben. Ich lebe jetzt nur noch auf Abruf. Meine verkrebste Seele wird mir kein Therapeut wegtherapieren und weganalysieren und wegplaudern.
Anfangs habe ich meine Schreibblockade als existentielle Katastrophe und entsetzliche Qual empfunden, weil ich ja spürte, wie der beste Teil in mir abstirbt. Je länger mein Nichtdichten jetzt aber andauert, je länger der wertvollste Teil in mir nun schon tot ist und bei lebendigem Leib verwest, desto weniger fehlt er mir. Ich merke gerade noch, wie ich immer stumpfer, leerer, müder werde. Ich nehme an, in absehbarer Zeit wird auch dieser Zustand sich legen. Wenn ich heute eines meiner Bücher aus dem Regal hole und darin blättere, empfinde ich, was ich als Gymnasiast empfunden habe, wenn ich die Novelle eines wirklichen Dichters zu lesen hatte, Kafka, Grillparzer, Marie von Ebner-Eschenbach: Eine Mischung von Erstaunen, Bewunderung, vor allem aber Fremdheit: Immer der frustrierende Gedanke: Ich würde so etwas nie zusammenbringen!
Ich habe Erzählungen, Romane, Theaterstücke geschrieben, weil ich das für den besten Weg gehalten habe, bedeutend zu werden. Heute, nach zwei Jahren Nichtrauchen und Nichtschaffen, nach zwei Jahren Nichtstun und ohnmächtiger Zeittotschlägerei sehe ich – wenn das nicht auch bloß eine dieser schrecklichen Nichtraucher-

halluzinationen ist – klar und deutlich, wie unbedeutend und unwichtig und entbehrlich ich tatsächlich bin, und meine Bedeutungslosigkeit und Unwichtigkeit und Entbehrlichkeit kostet mich ein Achselzucken. Na und? Noch halten alle anderen viel mehr von mir als ich selbst, aber früher oder später wird die Öffentlichkeit meinen geistigen Zusammenbruch schon bemerken. Früher oder später wird sie schon dahinterkommen, dass ich in der Versenkung verschwunden bin. Alles, was ich jetzt noch kann, ist Rad fahren. Dazu muss man weder wichtig noch bedeutend, weder anerkannt noch namhaft sein. Alles, was ich aus den letzten zwei Jahren zu hinterlassen hätte, ist der Kilometerstand des Tachometers auf der Lenkstange meines Fahrrads, aber für den wird sich kein Literaturhaus interessieren. Ich bin mir egal geworden. Ich bin nach vierzig eigenliebevollen Jahren endlich einer Meinung mit meinen Kritikern und mit denen, die mich nicht mögen und schon immer nichts von mir gehalten haben, die mich noch nie zu den Dichtern und zu den Schriftstellern gezählt haben und mich ignorieren und übergehen, wo es nur geht. Mich freut wenig, mich ärgert wenig, mich interessiert wenig. Finanziell muss ich irgendwie über die Runden kommen: Vorderhand existiere ich noch von den Requisiten meines alten Lebens, vorderhand bin ich mein eigener Nachlassverwalter. In dem Beruf gibt es aber kaum Aufstiegschancen. Wenn ich schweigend überleben könnte, würde ich von nun an für den Rest meiner Tage schweigen aus Protest gegen mich selbst. Ich habe das Bedürfnis, mich zu meiden, ich habe das Bedürfnis, mich totzuschweigen. Persönlich habe ich noch zwei Ziele: Depression und Frühpension. Mein erstes Leben ist mir ärztlich verboten, ein anderes interessiert und reizt mich aber nicht. Die mich gerettet haben, haben, ohne es zu wissen, zugleich meinen Lebenswillen gebrochen. Was soll ich denn noch anfangen? Ich weiß ja nicht, wann und wo ich das nächste Mal niederbreche, wann und wo es mir das nächste Mal das Herz zerreißt. Ich glaube nicht, dass ich noch so lange zu leben habe, dass es sich auszahlen würde, aus diesem Leben etwas über sich selbst Hinausweisendes herauszuholen. Man kann auch nichts herausholen, was nicht drinnen ist. Blitze umkreisen meinen Brustpanzer, es rumpelt und rumort im Inneren, immer wieder kommt es mir vor, als trüge ich ein viel zu enges Korsett; dreimal war ich schon bei Nacht und Nebel in höchster Not und Todesangst im Krankenhaus, einmal sogar mit Rettungswagen und Blaulicht; nach dem richtigen Herzinfarkt waren es aber nur drei Phantominfarkte, und die Ärzte sprechen achselzuckend von einem Organgefühl, das manchmal nach einem Infarkt zurückbleiben kann. Und natürlich ein Trauma. Niemand weiß etwas Genaueres, vor allem die medizinischen Experten nicht. Eigentlich sollte ich mich aus Protest gegen das Nikotinverbot umbringen, denke ich seit zwei Jahren immer öfter, schon um die mich behandelnden Ärzte zu schockieren. Aber auch dazu bin ich zu stumpf, zu feig und zu voll von Selbstmitleid. Je älter man wird, desto beschwerlicher wird alles, auch der Selbstmord. Außerdem wären die mich behandelnden Ärzte vielleicht gar nicht schockiert und würden ungeniert so weiterbehandeln, wie sie mich behandelt haben und unbeirrt gegen das Nikotin weiterwettern.

Was sind das plötzlich für Eiterwellen im Kopf? Was ist das für ein Druck in der Brust? Was sind das für Stiche in der Herzgegend? Und warum habe ich so weiche Knie? Gleich wieder ins Krankenhaus zur Notaufnahme? Zehnmal am Tag geht das so: Ein Notfall, der gar nicht mehr aufhören kann, ein Notfall zu sein. Was ist in einer Woche? Da kann ich schon begraben sein. Die Existenz, die ich jetzt führe, ist eine von Todesangst und Panikattacken unterbrochene, tiefe Trauer um mich selbst: Also nicht genau das, was sich alle von einem Satiriker erwarten. Natürlich macht ein Satiriker nie das, was man von ihm erwartet, und wenn man von einem Satiriker Satiren erwartet, kommt oft eine Tragödie heraus.

In dieser Situation, nicht sterben und nicht leben, nicht rauchen und nicht denken, nicht schreiben und nicht arbeiten, nicht planen und nicht komponieren zu können, habe ich also begonnen, Rad zu fahren. Denn schauen kann man immer noch, auch wenn man nicht mehr denken kann. Auch wenn einem nichts mehr einfällt und nichts mehr auffällt: Irgendetwas sieht man immer. Betrachten kann man, auch wenn man nicht mehr beobachten kann. Wenn man nichts mehr beabsichtigt, kann man immer noch besichtigen. Vor allem aber sind die Hände an die Lenkstange gebunden und ragen wenigstens für die Zeit des Radfahrens nicht in eine verzweifelte Leere. Ein bisschen entwickelt man sich zum Vierbeiner zurück. Verhaltensforscher müssen mein Radfahren als eine Übersprungshandlung verstehen, denn es ist eine Bewegung, die aus einer Konfliktsituation zwischen zwei zuwiderlaufenden Instinkten entsteht: In einem kargen Niemandsland zwischen zwei Leben habe ich mich aufs Rad gesetzt, wie sich ein Hahn mitten im Kampf gegen einen übermächtigen

Kontrahenten ganz plötzlich abwendet und nach nicht vorhandenem Futter pickt. Mein Körper radelt, weil er den Kampf gegen die Natur verloren hat.
Ich fahre immer dieselbe Strecke: Immer im Kreis; immer aus der Stadt hinaus die paar Kilometer zum See und dann immer rund um den Wörthersee, von Loretto auf der Süduferstraße durch Sekirn und Reifnitz, an Maria Wörth und der so genannten Teixlbucht vorbei nach Velden, am Nordufer durch Pörtschach und Krumpendorf wieder zurück, immer diese vierzig Kilometer. Ich suche nichts, ich hoffe nichts, ich glaube nichts. Aber umso öfter ich den See umkreise, desto mehr wächst er mir ans Herz. Ich liebe den See heute so wie früher mich selbst. Das ist ein ganz neues, völlig ungewohntes Gefühl: Wenn gar nichts anderes mehr möglich ist: Heimatliebe! Der Wörthersee, denke ich, sooft ich ihn umrunde und in sein Wasser schaue, ist *mein* See, und wenn ich nicht mehr bin, bin ich durch ihn vollständig ersetzt. Ich habe Lust, von mir abzusehen. Ich habe Lust, unterzutauchen. Ich habe immer größere Lust darauf, dass es mich nicht mehr gibt; und wenn es mich nicht mehr gibt, werde ich Lust haben, keine Biographie mehr zu schreiben sondern Sachbücher. Und weil ich nichts mehr will, springen mich unvermutet fremde Leidensgeschichten an, um mich von meiner eigenen Leidensgeschichte abzulenken.

2

Wenn ich nach Maria Wörth komme, brauche ich weder Event noch Wörtherseewinterwunderwelt, um an der hinteren Fassade der Pfarrkirche beim steinernen Gedenkkreuz von Ottilie Freiin von Herbert stehen zu bleiben. Sie ist die Urmutter der Literatur in Kärnten und leider gleich nach der Entbindung gestorben. Ottilie hat nämlich – wie es heißt – das einzige Kärntnerlied in Molltonart geschrieben und ist mit 22 Jahren am 26. September 1847 im Wörthersee verunglückt – bloß zwei Wochen, nachdem das Tourismusbüro schließt. Ottilie soll in der Nacht dieses 26. Septembers eine Bootsfahrt unternommen haben, um sich mitten am See mit einem unbekannten Geliebten zu treffen: Vielleicht eine Geschichte des Standesunterschieds. Ein Mädchen von Adel konnte nicht mit einem Bauernburschen, mit einem Halterbuben zusammengehen. Von dieser Bootsfahrt ist Ottilie nie wieder zurückgekehrt. Andere Quellen sprechen davon, dass Ottilie gar nicht untergegangen und ertrunken, sondern geflüchtet sei, ein nächtliches Bootsunglück nur vorgetäuscht und am gegenüberliegenden Ufer heimlich und unerkannt ein neues Leben mit ihrem Freund begonnen habe. Und wieder andere Quellen sprechen von Freitod. Ob die junge Dichterin und Liedermacherin wirklich so schwermütig, melancholisch und depressiv gewesen ist, kann ich ebenso wenig sagen wie ich weiß, ob ein Kärntnerlied in Molltonart tatsächlich etwas gar so Besonderes ist: Für mich klingen ja alle herzzerreißend begräbnisartig. Gegen die Freitodtheorie spricht das Datum, der 26. September: An dem Tag steige ich, sofern das Wetter mitspielt, in den meisten Jahren noch ins Wasser und nehme ein kurzes Bad. Meinen persönlichen Spätbaderekord habe ich letztes Jahr am 17. Oktober aufgestellt. Da hatte das Wasser vielleicht noch sechzehn, siebzehn Grad, und es war zum Erfrieren zu warm. Aber womöglich konnte Ottilie ganz einfach nicht schwimmen. Oder sie hatte ein schwaches Herz.

Den Leichnam Ottilies hat man nie gefunden. Sie wurde nie beerdigt, und am Kirchfriedhof hat sie nur einen Gedenkstein, aber keinen Grabstein. So könnten – wie die Portugiesen seit vier Jahrhunderten aufs Meer hinausschauen und auf ihren verschollenen König Sebastiao warten – die Maria Wörther am Ufer stehen, auf den See hinausstarren und auf Ottiliens Rückkehr warten. Und ein schöner Gedanke wäre es, würde Ottilie eines nebligen Morgens sozusagen zur Eröffnung der Winterwunderwelt in einer Barke über den See zur Schiffsanlegestelle des Biedermeierdorfs Maria Wörth segeln und die Maria Wörther von allen Übeln oder mindestens von der Tourismusflaute erlösen. Dazu würde auch ausgezeichnet passen, was auf Ottiliens Gedenkstein steht:

Ich will wiederkommen
Und euch zu mir nehmen
Damit ihr dort seid
Wo ich bin. (Joh.14,3)

Wiederkommen will sie! Wie gut oder schlecht die Worte des Johannes auch auf Ottilie passen mögen, habe ich gedacht, eine Ungeschicklichkeit, wenn nicht Herabwürdigung ist es auf alle Fälle, gerade einer Dichterin einen Spruch in den Gedenkstein zu meißeln, der nicht von ihr stammt. Von dem Liedtext Ottiliens in Molltonart ist auf ihrem Gedenkstein nicht ein Wort zu lesen: *I thua wohl als wonn ma nix war, aba drin bei mein Herzl is ma ollweil so schwar, is ma ollweil so schwar. I hab allweil gmant, i ertrogats gor nia. Hiaz hob is ertrogn, oba frogts mi nit wia, oba frogts mi nit wia.* Die Frage ist auch, wie Ottilie zurückkehren würde: in ihrem Originalalter als mittlerweile 177-Jährige oder so, wie sie verschollen ist: als zweiundzwanzigjähriges Mädchen. Mir wäre das Mädchen lieber. Man könnte jedes Jahr ein anderes junges Mädchen, eine junge Dichterin in Ottiliens Haut und in ein schneeweißes Kleid schlüpfen lassen, sie in der Nacht ihres Geburtstags am 19. Juli in ein Ruderboot setzen und ein Gedicht sprechend oder ihr Lied singend übers schwarze Wasser zurückkehren lassen, zur Sicherheit von ein paar Booten der Wasserrettung mit Fackelträgern eskortiert, von der am Ufer wartenden Ortsbevölkerung und deren Gästen, von ihrer Nachwelt mit einem großen, würdevollen Fest ihr zu Ehren empfangen.

Manchmal, wenn ich vor ihrem Gedenkstein stehe, denke ich auch: Vielleicht ist Ottilie gar nicht wirklich untergegangen, sondern mitten im See von einem Zeitloch verschluckt worden und am 27. September wieder aufgetaucht – 150 Jahre später. Wie Ottilie sich wundern würde, was aus ihrem See in 150 Jahren geworden ist – und was aus ihrer Welt! Welche Schwierigkeiten sie hätte, sich zu orientieren und zurechtzufinden! Wo bin ich nur? Was ist mit mir? Und weil das Tourismusbüro bereits geschlossen hat, hätte sich Ottilie also gleich auf die Socken gemacht und ihren Vater und ihre Schwestern gesucht, aber die waren wie vom Erdboden verschluckt. Dann wäre sie in ihrer Verzweiflung um den See marschiert auf der Suche nach einer Erklärung für all das Unfassbare. Und vielleicht wäre sie in ihrem bizarren Biedermeierkostüm vom Fleck weg für einen Wörtherseespielfilm engagiert worden. Ottilie, wollen Sie für eine Folge die Partnerin von Roy Black sein? Oder vielleicht Stubenmädchen im Schlosshotel? Seite an Seite mit Otto Retzer? Vielleicht wären wir zufällig nebeneinander auf einer Parkbank am Seeufer zu sitzen gekommen, Ottilie während einer Drehpause, ich während einer Fahrradpause. Vielleicht wären wir ins Plaudern gekommen, und vielleicht hätte da etwas zwischen uns begonnen. Ich hätte Ottilie von meiner Zeit, meinen Verhältnissen und meiner Not erzählt, Ottilie mir von ihrer Zeit und ihren Verhältnissen und ihrer Not. Eine schöne Geschichte könnten diese beiden miteinander verwobenen Erzählungen am See werden, wenn ich sie bloß noch schreiben könnte!

Der erste Mensch, den ich an diesem grauen Regentag im Spätherbst in Maria Wörth gesehen habe, war eine alte Frau, die im Beinhaus gleich hinter der Kirche den Boden gekehrt und gewischt hat; der zweite, im selben Augenblick, eine deutlich jüngere Frau, die, nur ein paar Meter vom Gedenkstein Ottiliens an der Kirchenfassade entfernt vor einem Grab mit zwei Grabsteinen, zwei Kreuzen mit zwei Messingtafeln stand, zwei Kerzen anzündete und in zwei Laternen stellte, zwei Strohengel mit Strohposaunen auf die Grabkreuze hängte und ein stilles Gebet sprach.

Als die Frau gegangen war, wechselte ich die Gräber und las die Inschriften:

Gabriel Hatz | *Hermann Bartosch*
** 10.1.1977* | ** 31.8.1976*
† 28.1.1995 | *† 28.1.1995*

„Der achtzehn Jahre alte Lehrling Hermann Bartosch und sein Cousin, der neunzehnjährige Schüler Gabriel Hatz, wollten am 27. Jänner 1995 den Ball des Ingeborg-Bachmann-Gymnasiums in Pörtschach auf der anderen Seite des Sees besuchen und beschlossen, in ihren eleganten dunklen Anzügen, über die sie lediglich eine Windjacke gestreift hatten, mit einem kleinen Kunststoffboot dorthin über den See zu rudern. Am anderen Ufer angelangt, legten die beiden jungen Burschen ihr Boot beim Strandbad Pörtschach an und vergnügten sich anschließend auf der Tanzveranstaltung.
Gegen halb drei Uhr früh traten Gabriel Hatz und Hermann Bartosch den Heimweg wieder mit dem Boot quer über den See an. Was dann geschah, hat niemand gesehen. Auf jeden Fall ist die ‚Nussschale' nördlich der Schlangeninsel, nur rund zwanzig Meter vom Ufer entfernt, gekentert. Gabriel Hatz und Hermann Bartosch, beide geübte Schwimmer, die auch die Rettungsschwimmerausbildung absolviert hatten, konnten im eisigen Wasser des Wörthersees – die Temperatur beträgt maximal zwei bis drei Grad – jedoch nicht mehr ans rettende Ufer gelangen und ertranken hilflos.
Als die Cousins am Samstag nicht nach Hause kamen, machten sich ihre Eltern noch keine Sorgen. Es war schon öfters vorgekommen, dass sie bei Freunden übernachteten. Als es jedoch am Sonntagmorgen noch immer kein Lebenszeichen gab, erstatteten Angehörige die Abgängigkeitsanzeige bei der Gendarmerie. Her-

mann Bartoschs Vater brach nach Pörtschach auf, um das Seeufer abzusuchen, und machte eine furchtbare Entdeckung. Nahe der Schlangeninsel sah er einen Teil des Ruderbootes aus dem Wasser ragen und unweit davon Kleidung von Hermann und Gabriel. Die Windjacken hatten sich aufgeblasen, so dass die Körper der Ertrunkenen an der Seeoberfläche trieben. Die Bergung der Leichen bestätigte die grausame Ahnung des Vaters. Warum aber das Boot in dieser Nacht kenterte, wird wahrscheinlich nie ganz geklärt werden können", heißt es in der Ausgabe der *Kleinen Zeitung* vom 30. Jänner 1995. Wenn aber ein Bootsunglück in der Nacht des 28. Jänner 1995 nicht wirklich erklärt werden kann, wie sollte dann erst eines in der Nacht des 26. September 1847 erklärt werden! Man müsste schon im alten Landesarchiv im Gubernium Laibach im Akt von 1847 nachschlagen: Aber das bringt auch nichts, denn beim Öffnen zerfällt der zu Staub.
1847! Ein Jahr vor der Revolution! 1847! Damals war ja wirklich noch Biedermeier im Biedermeierdorf! Ottilie wird sich freilich nicht in einer wasserabweisenden, atmungsaktiven Windjacke aus 100% Polyester Microfleece mit winddichter Mebrane und elastischer Kordel mit Stopper am Saum in das Boot gesetzt haben, in dem sie starb. Die Biedermeierdame strebte den Gegensatz von enger Taille und breiter Gesamtwirkung an, was speziell beim Rudern unpraktisch und unbequem gewesen sein muss. Aber das werden wohl auch die dunklen Anzüge im Jahr 1995 gewesen sein. Die Ärmel, anfangs kugelig, wurden durch Bauschen, Puffen, Plissees unförmig aufgebläht. Dazu kamen noch Schultervolants und ein großer, flacher Ausschnitt. Die

in zarten Pastellfarben kleingeblümten, gestreiften oder karierten Röcke fielen in weitschwingender Glockenform aus und waren mit Bändern, Girlanden und Falbeln phantasiereich verziert. Ottilie trug sie fußfrei. Statt Mäntel legte sie Pelerinen, Kaschmirschals, Tüll-Mantillen oder Pelzboas um. Die Hüte, Schuten, Kapotten, Häubchen, Turbane waren aus Stroh, Seide, Plüsch, mit Federn, Blumen, Bändern und Rüschen überreich aufgeputzt.

Das große Kulturzentrum der Biedermeierzeit war aber natürlich nicht Maria Wörth, sondern Wien. Bereits zur Zeit des Wiener Kongresses stand die Stadt mit ihrer gehobenen Geselligkeit, der gepflegten Lebensführung und den feinen Sitten sowie mit ihrer großherzigen Aufgeschlossenheit für Europa, den Orient und die übrige Welt im Mittelpunkt. Maria Wörth war ein Kaff und Welten von Wien entfernt. Es gab keine Autobahn und nicht einmal die Süduferstraße: Nach Klagenfurt oder Pörtschach waren es von Maria Wörth aus Reisen, und man war mit dem Boot auf dem Wasserweg wirklich schneller dort als zu Lande. Grillparzer, Raimund, Nestroy prägten das literarische Leben Wiens und vor allem das Theaterleben, aber sie kamen nicht zu Lesungen nach Kärnten und schon gar nicht nach Maria Wörth. Als sich Ottilie in Maria Wörth ins Boot setzte, um auf den See hinauszufahren und nicht wiederzukehren, setzte sich Nestroy in Wien an seinen Schreibtisch und schrieb *Die schlimmen Buben in der Schule*. Bloß wenige Monate später folgte, inspiriert durch die Revolutionsereignisse *Freiheit in Krähwinkel*, was freilich auch keine ganz ungefährliche Unternehmung war und leicht den Untergang Nestroys bedeuten hätte können.

Das Biedermeier, sagen die Schulbücher, ist eine jener literarischen Stilformen, die dem österreichischen Nationalcharakter besonders entsprechen. Der Biedermeiermensch tritt äußerlich nicht durch Ungestüm und Maßlosigkeit in Erscheinung; er liebt das Kleine und Feine, er liest gern Almanache, Kalender, Jahrbücher, Stammbuchverse. „Mein Gott, ist das langweilig!", denkt Gabriel Hatz in der vorletzten Reihe der 7B-Klasse des BORG Klagenfurt und gähnt. „Gehobene Geselligkeit, gepflegte Lebensführung, feine Sitten, großherzige Aufgeschlossenheit! Ziemlich uncool! Was geht mich das an?" Und dann denkt er an den Ball heute Nacht und an die Alten, die er dort kennenlernen wird. Eine *Alte* ist in seiner jungen Sprache ein Synonym für *Frau*. Es gibt in dieser Sprache nicht nur verheiratete, alte Alte, sondern auch ganz junge Alte. Die Alte und der Alte haben nichts mit ihrem Alter zu tun. Ein nettes Mädchen ist eine *lässige Alte*. Am Schulball macht man einer lässigen Alten den Hof. Das heißt, man *steigt sie an*. Ottilie Freiin von Herbert ist eine ganz alte, ganz junge Alte.

Schwer zu sagen, ob sie eine lässige Alte war, das Fräulein Baronesse. Also bitte, meint Gabriel Hatz, eine lässige Alte heißt kaum Ottilie. Ottilie heißt niemand. Ich kenne keine einzige Frau, die Ottilie heißt, auch nicht in der Generation meiner Mutter und meiner Großmütter, ich habe nie von einer gehört und ich kenne keinen, der eine kennt. Vor hundertfünfzig Jahren vielleicht, aber was habe ich damit zu tun? Jetzt vielleicht aus so genannten *schulischen Gründen*, noch eineinhalb Jahre bis zur Matura, aber dann nie wieder. 1847? Da war ja Goethe erst fünfzehn Jahre tot.

In Goethes *Wahlverwandtschaften* heißt eine der beiden weiblichen Hauptfiguren Ottilie, die andere Charlotte, Eduards Frau, der allerdings rettungslos Ottilie verfallen ist. Ich habe vor vielen Jahren viele Sekundärtexte zu diesem Roman gelesen, und so viel ist sicher, dass kein anderer Text aus der Goethezeit so sehr die Kraft und die Macht von Buchstaben belegt, die unablässig und eindringlich zu demonstrieren bemüht sind, dass unter der Ebene des Verstehbaren gänzlich unverständliche semiotische Zusammenhänge über das Schicksal von Subjekten entscheiden, die dadurch erst eigentlich ihren Buchstabensinn bewähren: Sub-jekte, also Unterworfene zu sein. Da in dem Roman bis hin zu den einzelnen Buchstaben nichts, aber schon gar nichts zufällig ist, weist eine psychoanalytisch motivierte Studie auf die Besonderheit hin, dass in beiden Frauennamen die Buchstabenkombination *ott* vorkommt, die auf die Dreieckskonstellation oder gar Viereckskonstellation ebenso verweist wie auf deren sexuelle Komponente: So stünden nämlich die t selbstverständlich für Phalli, das o für die Vagina...; so gesehen, müsste Ottilie gerade für uns libidofixierte Heutige ein interessanter Frauenname sein. Goethe und die *Wahlverwandtschaften* müssten dir etwas sagen, Ottilie, *Aus Ottiliens Tagebuch* müsstest du gelesen haben wie aus deinem eigenen. Die *Vorlesungen zur Einführung in die Psychoanalyse* dagegen müssen für dich reine Science fiction und ein Lehrstück aus ferner Zukunft sein, Ottilie. Sigmund Freud wird sie in rund 70 Jahren an der Universität Wien halten, aber den kannst du nicht kennen, der ist noch nicht auf der Welt!“
Wer ist das, der da mit Ottilie spricht? Ihr unbekannter Geliebter, der Halterbub aus Pritschitz am anderen See-

ufer? Ihr zeitferner Nachfahre, der wie sie in der Nacht über den See gerudert ist und wie sie im See verunglückt ist und nur ein paar Meter von ihrem Gedenkstein entfernt am Kirchfriedhof von Maria Wörth begraben liegt? Auf dessen Tisch in der vorletzten Reihe der 7B-Klasse des BORG in Klagenfurt, an dem er noch vor vier Tagen gesessen ist, brennt jetzt eine Kerze. Sie steht, wie ein großes Eggenberger-Photo zeigt, in einer Kaffeeschale samt Untertasse. Das Gymnasium ist für derlei Todesfälle nicht wirklich eingerichtet. Der Schulwart betreibt in der Pause die Kantine, daher vermutlich das Kaffeeservice. Immerhin ist es schwarz. Daneben liegen eine weiße Rose und eine rote Nelke. Der Gabriel sei ja schon oft über den See gerudert, meint der Schulsprecher fassungslos. Ein ausgezeichneter Sportler und exzellenter Wasserschifahrer sei er gewesen. Unter Schock auch die Eltern der Verunglückten. „Es ist ein Unterschied, ob ihr im Sommer oder im Winter über den See rudert, haben wir ihnen immer gesagt. Und wir haben ihnen auch gesagt, dass wir ihnen das Taxi bezahlen. Aber sie wollten unbedingt mit dem Boot fahren", erzählt die Mutter von Hermann Bartosch, berichtet die *Kleine Zeitung* in ihrer Ausgabe vom 30. Jänner 1995, mittlerweile zusammen mit allen anderen Jännernummern längst zu einem dicken Wälzer in schwarzes Leinen mit goldener Schrift gebunden, und aufbewahrt in den Regalen des Redaktionsarchivs der Zeitung. Das Unglück ist bereits zu lange her, als dass der Bericht darüber schon digital gespeichert wäre. Das Redaktionsarchiv dient heute hauptsächlich als Raucherzimmer.

Eine Ausgabe vom 26. September 1847 und von den nachfolgenden Tagen gibt es im Zeitungsarchiv leider nicht: Das Blatt feiert gerade erst seinen hundertjährigen Bestand. Aber was am 30. Jänner 1995 in der Zeitung stand, hätte ohne weiteres auch schon damals, hundertfünfzig Jahre früher, stehen können: „Wie es zu dem tragischen Unglück kommen konnte, wissen auch Gendarmerie und Wasserrettung nicht genau. Man ist auf Vermutungen angewiesen. ‚So einfach kann das Boot nicht gekentert sein', meint Fritz Rainer von der Wasserrettung Pörtschach. ‚Zwischen der Schlangeninsel und dem Strandbad gibt es zwar eine gewisse Strömung, die von Süden nach Norden geht, aber die allein kann noch kein Boot zum Kentern bringen'." Eine Zeitung, die sich mit deinem mysteriösen Verschwinden, mit deinem Untergang im See und deinem Tod beschäftigt, Ottilie, existiert also nicht. Aber es gibt eine Dissertation mit dem Titel „Tiefenpsychologische Aspekte zum Volkslied und volkstümlichen Lied in Kärnten" und darin das Kapitel 2.8.1. mit dem Titel „I thua wohl, oder: Das präsuizidale Syndrom und die verhinderte Emanzipation", das von dir und deinem Lied und deinem Tod handelt. Stell dir vor, Ottilie, darin steht zum Beispiel, dass sicher ein multifaktorielles Geschehen zu deinem Tod geführt hat: *Multifaktorielles Geschehen* ist sogar fett gedruckt, und *multifaktorielles Geschehen* wird man garantiert auch bei mir einmal behaupten können. Dazu gehören zuerst einmal „der verfeinerte, sensible Charakter eines Mitgliedes einer alten adeligen Familie, die zum Schöngeistigen neigt": Mit dem verfeinerten Charakter bist du gemeint, Ottilie. Weiters das Werther-Syndrom als Zeitzeichen (wieder Goethe; *Werther* soll eine Selbstmordepidemie bis nach China ausgelöst haben). Dann die Verlassenheit und Einsamkeit, die

Schweigsamkeit und Sprachlosigkeit, der „Mangel an geeigneten Ansprechpartnerinnen und Ansprechpartnern"; es hat ja weder die Tanzbar Marietta, noch die Skybar, noch die Pizzeria Da Rosetta gegeben. Und schon gar keine Wörtherseewinterwunderwelt. Ottiliens einzige Möglichkeit, ihrer Einsamkeit zu entkommen, war eine Heirat, wenn sie nicht in ein Kloster eintreten wollte wie ihre Schwester Bertha: Den Gatten hätte ihr aber wohl ihr Vater ausgesucht, und sie hätte nicht einmal ein Vetorecht gehabt. Nach meinem Spaziergang durch Maria Wörth kann ich mir deine schreckliche Verlorenheit gut vorstellen, Ottilie, deine Gefangenschaft und deine Einsamkeit. Ich bin auch schweigsam und verschlossen, Ottilie. Ich bin heuer zehn Mal mit dem Rad rund um den See gefahren – kennst du Fahrräder, Ottilie? Ja, doch, ich glaube schon, wenn auch nur Velizopede, benutzerfeindliche Knochenschüttler und lebensgefährliche Stahlspinnweben, keine Mountainbikes oder hochwertige Trekkingräder mit 27-Gangschaltung, gefederter Sattelstütze, Oversize-Aluminiumrahmen, verstellbarem Vorbau und Suntour-Federgabel, wie ich eines habe.

Neun Mal bin ich ganz allein gefahren, einmal, am letzten Sonntag im April bei einem Fahrradwandertag unter dem Motto *Wörthersee autofrei,* gemeinsam mit zehntausend Radfahrern und Inline-Skatern, und bei allen zehn Umrundungen habe ich mit keinem einzigen Menschen gesprochen! Aber jetzt sprechen ja wir zwei miteinander, Ottilie. Vielleicht wollen wir ja einsam sein! Wer schreibt, ist einsam, sonst schriebe er nicht. Und einsam muss er sein, um schreiben zu können. Viele schlimme Dinge sind nötig, um schreiben zu können. Und viele schlimme Dinge können das Schreiben auch wieder vernichten. Vielleicht liegt es gar nicht an den anderen, Ottilie, vielleicht liegt es an uns selbst. Ich bin so sehr in mir selbst gefangen, dass ich mich mit einem Mädchen unterhalte, das vor 155 Jahren ertrunken ist! Mit Toten zu sprechen ist mir angenehm: die reden nicht dauernd zurück und wissen nicht ständig alles besser. Die Toten sind gute Zuhörer, die Toten haben Verständnis. Jetzt lachst du, Ottilie! Das passiert mir immer, dass die Menschen lachen, wenn ich am ernstesten bin! Wie bei Ferdinand Raimund! Kennst du Raimund? Ja, Raimund musst du kennen. Der Tragiker, der nur zum Komiker getaugt hat wegen seines Sprachfehlers. Der Paniker, der sich erschossen und eine ganze Woche lang für seinen Selbstmord gebraucht hat. Wie schön du bist, wenn du lachst, Ottilie! Ich glaube, ich sollte dir noch die Begriffe *Inline-Skater* und *autofrei* erklären. Ein Inline-Skater ist ein Eisläufer ohne Eis, ein Schlittschuhläufer am Asphalt. Asphalt wiederum ist ... ach, lassen wir das! Später vielleicht. Jetzt zurück zum multifaktoriellen Geschehen deines Todes.

Die Dissertantin – sie könnte deine Ururenkelin und gleichzeitig deine Großmutter sein – führt in ihren tiefenpsychologischen Untersuchungen zum Kärntner Volkslied in deinem Fall als mögliche Motive deines Todes eine unglückliche Liebe an, Ottilie, aber auch die mangelnde Aussicht auf Autonomie, das Eingezwängtsein als mittleres Mädchen in einer Geschwisterreihe von lauter Mädchen, den frühen Tod deiner Mutter, als du gerade zehn Jahre alt warst, und die vielleicht angegriffene Gesundheit als Erbe einer Familie, die seit Generationen mit Bleiverarbeitung befasst war. Du musstest ja Medikamente nehmen, und der Klagenfurter Homöopath Holazek hat dir zum Aderlass geraten. Der Aderlass ist mittlerweile aus der medizinischen Mode gekommen. Heute gibt es stattdessen Thrombo-Ass, Fatburning, Fasten. Die Moden wechseln, und diesen Wechsel nennt man Fortschritt. Aber wer gesund ist, ist mit oder ohne Mode gesund. Wer krank ist, ist mit oder ohne Mode krank. Wirklich Verlass ist nur auf drei Dinge: Der Mensch ist sterblich. Die Medizin ist keine Wissenschaft. Und die Ärzte besitzen die Seehäuser am Wörtherseeufer, die wir uns niemals werden leisten können. Aber sie haben nicht sehr viel von ihren Sommerresidenzen, weil sie in ihrer Praxis sitzen und Hausbesuche machen und nach der Ordination noch privat operieren müssen, um sich ihre Seevillen leisten zu können, für die sie keine Zeit haben, und davon bekommen sie einen Herzinfarkt. Dabei kann man den viel billiger haben.

Und deine unglückliche Liebe, Ottilie? Vielleicht war ja alles ganz anders: Vielleicht kann von Selbstmord gar keine Rede sein, und die Vorgänge in jener Nacht vom 26. September 1847 waren viel weniger mystisch als sie scheinen. Vielleicht hast du dich mit deinem Ruder auch nicht in den Schlingpflanzenteppichen verfangen, die sich im neunzehnten Jahrhundert noch an verschiedenen Stellen des Sees ausbreiteten. Vielleicht bist nicht nur du von Maria Wörth am Südufer, sondern ist auch dein Geliebter von Pritschitz am Nordufer aus auf den See hinaus und in die Dunkelheit gerudert. Vielleicht habt ihr euch am See getroffen und die Boote aneinander gebunden. Vielleicht bist mitten am See du zu ihm, vielleicht ist er zu dir ins Boot gestiegen. Vielleicht habt ihr euch ja

doch geliebt, vielleicht habt ihr es im Boot – pardon – miteinander getrieben, vielleicht hat das Boot dabei zu schaukeln und zu wackeln begonnen: Vielleicht hat eure überschwappende Leidenschaft auch das kleine Ruderboot zum Überschwappen gebracht. Vielleicht bist du im Augenblick allerhöchster Lust untergegangen, Ottilie. Kleiner Tod und großer Tod gleich hintereinander. Vielleicht hast du also nicht, wie behauptet, aus unglücklicher Liebe den Tod gesucht, sondern ganz umgekehrt aus glücklicher Liebe den Tod gefunden. Was weiß man.
Von bleiverarbeitender Industrie verstehe ich gar nichts, Ottilie. Ich weiß nur, dass Mennige ein Pigment für Ölfarben ist. Es wird als Rostschutz und Grundierungsmittel für Eisenanstriche verwendet und durch Erhitzen von Bleioxid gewonnen. Erst lang nach deinem Tod, Ottilie, nach der Erfindung des Dampfkammersystems, wird die Firma deines Vaters umgestaltet. Vorkehrungen zur Gesunderhaltung der Arbeiterschaft werden getroffen und eine Pensionsversicherung geschaffen werden, ehe die Firma bei den Weltausstellungen in London 1862 und Paris 1878 vertreten sein und schließlich 1894 durch die Bleiberger Bergwerksunion – mittlerweile selbst nur noch Geschichte – übernommen werden wird. Aber das ist unerreichbare Zukunft für dich, Ottilie, für mich unerreichbare Vergangenheit.
Tatsächlich befinden wir uns ja im Jahr 1847, als man in Maria Wörth, wie du, nicht nur einsam war, sondern regelrecht von der Außenwelt abgeschnitten und gefangen, als das gesamte Südufer noch unwegsam war und aus nichts als Sümpfen, Steilhängen, Waldungen bestand. 1847! Damals waren es noch 6 Jahre, ehe der erste Raddampfer auf dem Wörthersee zwischen Kla-

genfurt und Velden fahren würde; noch 17 Jahre, ehe die Eisenbahn an den See gekommen sein würde, und mit ihr die Anfänge der Sommerfrische: allerdings ans Nordufer. Die ersten Touristen waren die Bauingenieure und ihre Familien. Eineinhalb Jahrhunderte später macht man sich nun daran, die Eisenbahnstrecke mit Lärmschutzwänden zu verkleiden, sodass man von der Landschaft aus nicht mehr den See, vom See aus nicht mehr die Landschaft und vom Zug aus gar nichts mehr sieht, was aber nichts macht, weil ohnehin niemand mehr mit dem Zug fährt. Wenn in ein paar Jahrzehnten die ganze Strecke mit Wänden zugemauert und genug Geld ausgegeben sein wird, dann wird man sich sofort an den Rückbau, also an das Niederreißen der Mauern und die Verlegung der Trasse machen. 1847: Noch 52 Jahre bis zum Bau der Süduferstraße und ihrer feierlichen Eröffnung durch Kaiser Franz Joseph, nach dem sie auch gleich benannt wurde. Zum Festmahl musste der Kaiser dann aber nach Pörtschach übersetzen. In Maria Wörth gab es noch keine geeignete Einrichtung, einen Kaiser festlich zu bewirten. Ein Jahrhundert später könnte der Kaiser fast überall auf der kleinen Halbinsel speisen: im Linde, im Astoria, im Carinthia, im Wörth. Nur im Winter darf der Kaiser nicht kommen, also zwischen Ende September und Anfang Mai, wenn das Südufer kalt und schattig und dunkel ist, dann hat hier nach wie vor alles geschlossen. Alles bis auf einen, muss ich mich verbessern: Denn nachdem ich eine kleine Geschichte über das verwaiste Biedermeierdorf Maria Wörth und die geplatzte Wörtherseewinterwunderwelt veröffentlicht hatte, rief mich ein Gastronom aus dem Biedermeierdorf an und erklärte mir, dass zwar wirklich

alles schläft, einer aber wacht, nämlich er, der erst im Vorjahr aus Wien nach Maria Wörth übersiedelt sei und gemeinsam mit seiner Frau ein Restaurant mit böhmischer Küche betreibe, das ganzjährig geöffnet habe.
Was ist? Gehen wir essen, Ottilie? Hast du Lust? Du hast keinen Hunger? Gut, dann nicht. Als ich den Mann mitten im Winter, an einem Wochentag im Februar, zu Mittag besuchte, schaffte es die Sonne noch immer nicht über die Hänge von Gidlwald und Pyramidenkogel, im tiefverschneiten Maria Wörth war es noch frostiger als sonst wo, und ich war sein einziger Gast. Es war kalt im Restaurant, bis der Wirt einen Heizstrahler anwarf. Er hatte offenbar gar nicht mit Gästen gerechnet. Der Wirt in seiner schmutzigen Schürze beschrieb mir alle böhmischen Gerichte auf der Speisekarte, die auf deutsch und tschechisch gedruckt ist: Sauerkrautsuppe oder Böhmische Schinkenrolle, Mährischer Teller oder Znaimer Gulasch, Rostbraten nach Teufelsart, Schweinsschnitzel oder Hühnerbrust im Kartoffelteig, Brünner Schnitzel oder Prager Schnitzel, Forelle mit Mandeln, Zander mit Kümmel gegrillt, vor allem aber die *Moucniky*, die Nachspeisen: Die Powidltascherl, Stuvanky mit Mohn und Butter, Böhmische Buchteln mit Vanillesauce und Böhmische Livanzen. Böhmen liegt am Wörthersee. Er beschrieb mir also ausführlich die jeweilige Zubereitungsart, tatsächlich zubereiten konnte der Mann von allen Gerichten aber nur ein paar wenige, denn die eigentliche Köchin und Expertin für Böhmische Küche ist seine Frau. Die lag aber seit über einem Monat mit Brustkrebs im Krankenhaus. So war der Mann aus Wien vom Einkaufen bis zum Abwaschen ganz auf sich allein gestellt und musste ganz allein, ohne

Frau und ohne Gäste, über den Winter in Maria Wörth kommen. Er tat, als ob nichts wäre, aber es war leicht zu erkennen, dass diesem Mann schwer ums Herz, dass ihm zum Verzweifeln zumute war. Dennoch erzählte er von seinen hochfliegenden Ideen und Plänen zur Belebung Maria Wörths, aber auch von den vielen Schwierigkeiten, Rückschlägen und Widerständen. Denn der Wirt meint, die Leute hinter seinem Rücken murren zu hören, dass sie niemanden notwendig hätten, der von auswärts kommt, um den Einheimischen zu zeigen, wie es geht. Die anderen Hoteliers machen sich lustig, wenn sie auf seiner Speisekarte Rechtschreibfehler finden, aber selber bringen sie weder ein Znaimer Gulasch noch Livanzen zusammen. Wenn nur endlich der Frühling käme. Und seine Frau. Alles, was ihm blieb, war ein tiefer Zug aus seiner Zigarette. Gestern war das Regionalfernsehen da und hat ihn beim Zubereiten einer Forelle mit Mandeln gefilmt: Das war für ihn ein Zeichen in der Düsternis, dass man nicht aufgeben und nicht resignieren darf; endlich ein Hoffnungsschimmer, jetzt muss der Aufschwung kommen. Heute Abend wird der Beitrag gesendet. Es gibt einen Fernsehraum auf der Station, wo seine Frau liegt und auf den nächsten Eingriff wartet. Heute Abend wird sie ihre Küche wiedersehen im Krankenhaus. Gerne wäre er abends ins Krankenhaus gefahren, um gemeinsam mit seiner Frau fernzusehen, aber er muss ja die Küche hüten. Man weiß nie, ob nicht vielleicht doch ein Gast kommt.

Ich schweife ab, Ottilie. Wir befinden uns bei dir im Jahr 1847: Noch 57 Jahre bis zur Straßenverkehrsordnung für die Süduferstraße, die die Mitglieder der Gemeinde Maria Wörth erlassen haben. Noch 62 Jahre, bis ein Seekabel verlegt und in den Häusern und öffentlichen Einrichtungen von Maria Wörth elektrisches Licht leuchten wird! Noch 81 Jahre bis zur Fertigstellung der ersten Wasserleitung in Maria Wörth. Und noch 134 Jahre, bis die ersten GTI-Fahrer in Reifnitz und Maria Wörth eintreffen und die altehrwürdige Straßenverkehrsordnung von 1904 mit Füßen und Gaspedalen treten werden: Kein Automobil durfte 1904 die Fahrgeschwindigkeit von 10 km/h überschreiten, und in Biegungen musste ein noch niedrigeres Tempo eingehalten werden. Auf das Zeichen einer Equipage oder eines Fuhrwerks hin hatte das Automobil sofort zum Stillstand gebracht zu werden, wollte man nicht eine empfindliche Geldbuße oder Arreststrafe riskieren. Genau das aber wollen die Horden der Autonarren gerade, die jedes Jahr im Mai nach Reifnitz zu einem Treffen von Golf-GTI-Wägen kommen, das neuerdings *Der See ruft* heißt. *No risk, no fun!*, grölen sie in der *Desperado's Bar* und nehmen Strafzettel als Trophäen mit. Wie soll ich dir erklären, was *Golf Turbo injected* bedeutet, Ottilie, oder was ein *Frontspoiler* ist, eine *Heckscheibenverkleidung*, ein *Kavalierstart, Gummi Gummi*, *Eventtourismus, Bettenauslastung in der Vorsaison.* Vor allem kann ich dir nicht erklären, wie sich Menschen durch die Tatsache, dieselbe Automarke zu fahren, so innig miteinander verbunden fühlen können, und warum diese seltsame Verbundenheit Grund zu so ausgelassenen Feiern sein sollte. Was ein Auto ist, willst du wenigstens wissen? Also schau, meine Kutsche zum Beispiel, die da steht, kommt aus Japan, und ich habe neunzig Pferde davor gespannt. Die Fensterscheiben heben sich elektrisch, der Aschenbecher ist beleuchtet. *Wäre.* Ganz kleine

Pferde, Ottilie, extra dafür gezüchtet, sehen kann man sie nicht.

Der See hat dich gerufen, Ottilie, nicht die Autonarren. Und könnte er tatsächlich rufen, dann riefe der See: „Geht weg! Lasst mich in Frieden!“ Aber der Bürgermeister von Reifnitz, der ruft tatsächlich, er ruft laut und deutlich: „Hochverehrtes zahlendes Gesindel, liebe Autonarren aus nah und fern, die ihr euch auch heuer wieder hier um das Wahrzeichen unserer Gemeinde versammelt habt, um den steinernen Golf hier am Seecorso anzubeten: Herzlich willkommen in unserem wunderschönen Reifnitz! Herzlich willkommen am wunderschönen Wörthersee! Das Ziel unseres diesjährigen Treffens ist es, die Rekorde des letztjährigen zu brechen: Lasst die sehr geehrten Motoren eurer Boliden noch lauter heulen und dröhnen, verpestet uns noch hemmungsloser mit euren sehr geehrten Abgasen, hinterlasst noch dickere Gummispuren am Asphalt. Verwandelt bitte ganz Reifnitz in eine Mistinsel! Verwandelt ganz Maria Wörth in eine Mistinsel! Verwandelt doch bitte schön das gesamte Wörtherseeufer mit all seinen prächtigen Villen und den entzückenden Pfahlbauten aus weiß- oder schwarzlackiertem Holz in eine gigantische Mistinsel! Überbietet die zwölf Unfälle mit Personenschaden vom letzten Jahr, die achtzehn mit Sachschaden. Wir möchten gern mehr als die letztjährigen dreizehn Personen wegen Raufhandels verhaften dürfen, und auch die Radargeräte sollen heuer öfter blitzen als 1.627 Mal. Außerdem wollen wir endlich mehr Alkoholvergiftungen als Kitzbühel haben.

Nett wäre es, könntet ihr wie im Vorjahr auch heuer wieder in der Nacht aus Jux und Tollerei alle Boote und

Jachten des ganzen Südufers aus ihrer Verankerung lösen, sodass man am nächsten Morgen meinen könnte, es finde am Wörthersee eine Gespensterregatta mit lauter herrenlosen Booten statt, die wir Ottilieregatta nennen könnten. Ebenso wünschen wir uns einen neuen Pärchenrekord all jener, die wegen öffentlichen Geschlechtsverkehrs verhaftet werden – und einen Rekord der Männer, denen das Table-Dancing im örtlichen Gogo-Zelt zu spießig ist und die lieber am Autodach onanieren. (Das Granitsteindenkmal des unbekannten GTI-Masturbanten am Seecorso planen wir für nächstes Jahr.) Der Bundesminister für Inneres beehrt sich, in diesem Zusammenhang mitzuteilen, dass Blaulichter und Nummerntafeln von Gendarmerieautos beim 96-Stunden-Saufen von Reifnitz nicht mehr gestohlen werden müssen, sondern künftig im eigenen Gendarmerie-Merchandising-Shop käuflich erworben werden können. Schließlich wollen wir auch die 2.159 Strafmandate in Gesamthöhe von 50.000 Euro heuer deutlich überbieten. Für all jene, die Strafzettel als Souvenirs und Beweisstücke betrachten, beim GTI-Treffen dabeigewesen zu sein, haben wir ein spezielles Angebot: Gegen einen Aufpreis von nur 70 Euro stellt die Behörde die Strafmandate in Glashalterung mit Holzrahmen aus! In diesem Sinn, liebe zahlungskräftige Irre, Barbaren und Vandalen: herzlich willkommen am Wörthersee!“

Ottilie ist, wie es sich für ein Biedermeiermädchen gehört, längst in Ohnmacht gefallen. So muss ich ihr nicht lang und breit erklären, was ein Bolide ist, ein Radargerät, ein Euro, was Table-Dancing und ein Gogo-Zelt. Weil es mir zu beschwerlich gewesen wäre, dem Mädchen aus dem neunzehnten Jahrhundert all die Auswüchse und Kapriolen ihrer fernen Nachwelt auseinanderzusetzen oder ihr von den geplagten Anrainern zu erzählen, die ihre Balkonbretter und Zaunpfähle in der Asche der Lagerstellen der Vandalen wiederfinden, die sieben Nächte lang schlaflos bei Ballermannmusik im Bett vibrieren und die, wenn die Vandalen endlich abgezogen sind, ihre Gärten voll Kotze und Blechdosen wieder neu kultivieren müssen, hätte ich vermutlich gesagt: Vergiss es! Und als Ottilie wieder zu Bewusstsein kommt, ist sie zutiefst empört und schockiert über den unfassbaren Verfall von Sitte und Moral, Anstand und Ehrgefühl in meiner Zeit. Öffentliche Onanie! Öffentlicher Geschlechtsverkehr! Mon Dieu! Wie kann man nur? Dass die Menschen dabei nicht vor Scham vergehen! Da möchte man ja lieber sterben, als sich auf offener Straße kopulierend zur Schau zu stellen!

So viele sternhagelvolle, grölende, saufende, kotzende, rülpsende, rauflustige junge Menschen auf einem Fleck hat man 1847 wohl weder in Reifnitz noch in Maria Wörth, noch sonst wo auf der Welt gesehen. Vergleichbar sind vielleicht nur die Schadstoffemissionen, der Benzingeruch und die Abgase der Boliden im Reifnitz des Jahres 2000 mit dem Gift der Bleiverbindungen im Reifnitz des Jahres 1847, wo Ottilies Vater Ignaz von Herbert seine bleiverarbeitende Industrie direkt in seinem Wohnhaus betrieben hat, einen Katzensprung von der Agiptankstelle entfernt, wo man heute freilich bleifreies Benzin zapfen kann. Senza piombo, Ottilie! Die Bleivergiftung passierte ähnlich wie heute durch Einatmung von Staub, Rauch oder Dampf. Die Symptome beginnen schleichend mit Müdigkeit und Ermattung. Nach und nach stellen sich Bleiosteosklerose, periphere

Nervenlähmungen und Anämie ein. Das Golfgesindel freilich reist eigens tausende Kilometer in die Benzinluft an, um tagelang mit der Bierdose oder Schnapsflasche in der Hand durch den Ort und rund um den See zu stauen oder sich einen Klappstuhl aus dem Kofferraum zu holen und zum Stau an den Straßenrand zu stellen, und – die Bierdose oder die Schnapsflasche in der Hand – jedes Mal, wenn einer der Stauenden Gas gibt und seinen Motor im Stand aufheulen lässt, lustvoll tief und kräftig einzuatmen. Der Bürgermeister sagt immer wieder stereotyp: „Bettenauslastung in der Vorsaison! Soundso viel Prozent Nächtigungsplus und Umsatzsteigerung gegenüber dem Vorjahr! Kaufkraftsteigerung! Wirtschaftswachstum!" Ottilie hat dafür kein Verständnis, schüttelt fassungslos den Kopf und fragt, ob wir nicht Angst vor dem Jüngsten Gericht hätten. Das nicht, antworte ich dem Mädchen, nur vor der Konkurrenz der Fernflüge und Billigreiseländer.
Ottilie jedenfalls erinnern meine Schilderungen vom GTI-Treffen an die Sage von der Entstehung des Wörthersees, an dessen Stelle einst ein fruchtbares Tal und in dessen Mitte eine Stadt mit schönen Häusern lag. Die reichen Bewohner aber waren dekadent geworden und taten nichts anderes mehr als ausschweifende Feste zu feiern. Als sie sich nicht einmal durch die Glocken der Osternacht in ihrem – wie es in der Sage heißt – gottlosen Treiben stören ließen, sondern berauscht und hemmungslos tanzten (vom Gummigeben und Kopulieren weiß die Sage noch nichts, bieder wie sie ist), erschien plötzlich ein Männchen mit einem Fass unter dem Arm im Festsaal und ermahnte die Frevler (heute: Autonarren, Clubbingfans, Eventer, Szenegurus) eindringlich zu

Umkehr und Buße. Da die Bürger der Stadt ihn aber verspotteten und sich weiterhin vergnügten, That's the way aha, aha I like it und Drei, zwo, eins: die Welle! grölten, öffnete das Männchen den Hahn seines Fasses, worauf sich ein schreckliches Unwetter erhob. Das Männchen war plötzlich verschwunden, aber das Fass lag auf dem Boden, und schier endlose Fluten strömten aus seinem Inneren hervor. Das Wasser ertränkte die gottlosen Menschen und stieg immer höher, bis nichts mehr von der Stadt und ihrer Umgebung zu sehen und der Wörthersee entstanden war, an dessen Ufer sich in Windeseile etliche Orte mit schönen Häusern bildeten, deren Bewohner sich sofort genauso aufführten wie ihre versoffenen und ersoffenen Vorgänger unten am Grund des Sees, was ein sehr gelungenes Beispiel für die absolute Sinnlosigkeit ist, irgendjemanden zu irgendetwas zu erziehen oder zu bekehren, vor allem mit den Mitteln der Gewalt, Gottesfurchteinbläuung, Atheistenverteufelung, Versenkung, Ertränkung, Krieg oder Sintflut. Man richtet nur noch mehr Schaden an. Denn die Sage selbst fällt mir nicht nur beim Reifnitzer Vandalentreffen, sondern bei vielen so genannten *Events* rund um den Wörthersee ein. Aber wo schon ein See vorhanden ist, kann man ja unmöglich noch einen zweiten drüberschütten. Und gottlos bin ich selber.
Weil in der Tiefe des Sees das einst so prunkvolle Voralpenatlantis begraben liegt, sollen – so endet die Sage – die Fischer an windstillen Tagen manchmal vom Grund her das sanfte Tönen der Glocken vernehmen. Ich persönlich glaube, dass meine Ottilie die Glocken läutet. Habe ich jetzt „meine Ottilie" geschrieben? Entschuldige bitte! Ich habe mir gedacht, wenn ich dich „meine

Ottilie“ nenne, bist du weniger einsam. Und ich auch. Dem Kapitel der Dissertation, das dein Lied behandelt, ist außerdem eine Photographie – und eine für 1847 erstaunlich gute noch dazu – vorangestellt, auf der du ein ausnehmend hübsches Mädchen bist, Ottilie, eine schöne junge Frau mit schwarzem Haar. Die Frauen, mit denen ich in meinem Leben zusammen war, haben alle ausgesehen wie du. Aus uns hätte etwas werden können, Ottilie!

3

In einer Fußnote ihrer Doktorarbeit erwähnt deine Dissertantin eine Privatgelehrte und Ottilienforscherin, die als Hausfrau in Reifnitz wohnt, und sie bedankt sich bei ihr für die sachkundigen Unterweisungen. Weil kein anderer Weg weiter zu dir führt, Ottilie, kämpfe ich dieses eine Mal gegen meine Menschenfurcht an, suche deine Forscherin und läute an ihrer Haustür. Sie wohnt nicht direkt am See, so wie auch du nicht direkt am See gewohnt hast, aber von ihrem Wohnzimmerfenster aus kann man ein kleines Stückchen davon sehen.
Die Frau stellt eine Schale grünen Tee vor mich hin und sagt, auf Ottilie sei sie ganz zufällig gekommen. Im Winter gibt es in Reifnitz gar nichts: kein Lokal, das offen hat, keinen Kursaal, kein Kino, nichts. Sie wollte etwas nicht für Touristen, sondern für die Einheimischen machen, und da ist ihr die Idee gekommen, während des langen Winters, in der so genannten *toten Zeit*, Materialien zusammenzutragen und eine Ausstellung über bedeutende Persönlichkeiten des Südufers zu organisieren. Seit diese Ausstellung stattgefunden hat, taucht alle paar Jahre einmal ein Journalist bei ihr auf und will einen Artikel über Ottilie schreiben: In einem ist von der „begabten, jungen Reifnitzerin“ die Rede, im nächsten, drei Jahre später, schon von der „blutjungen, hochbegabten Reifnitzerin“. Aber diese Zeitungsartikel gehen allesamt nicht in die Tiefe. Dafür ist ihr der Fundus zu schade, den sie in so vielen Jahren gesammelt hat, ihr Lebenswerk gewissermaßen. Eine Erzählung müsste man machen oder einen Roman, das hätte Nachhaltigkeit. Etwas, das bleibt. Damit ihr Lebenswerk nicht umsonst

gewesen ist. Und deines. Und meines auch. Nicht bloß eine historische Arbeit, etwas Lebendiges, wissen Sie! Die Ottilie allein gibt für eine Geschichte freilich zu wenig her, sagt die Frau. Das ist eben ein Mädchen, das im See ertrunken ist. Aber das ganze Geschlecht ist faszinierend: Die „Herbertsaga". Sie müsste nur geschrieben werden, die verwirrende Geschichte der Reifnitzer Herberts und die kaum überschaubaren Beziehungen zwischen den adeligen Industriellenfamilien in der Biedermeierzeit – den Perschas, den Moros, den Rainers: Patenschaften, Freundschaften, Feindschaften, unglückliche wie glückliche Liebschaften, Heiraten, Korrespondenzen, Besuche hin und her – und die Schwermut, die über den Familien der Bleiherren liegt: Fast alle ohne Nachkommen, viele krank, bleich, abgemagert, von schleichender Bleivergiftung gezeichnet, viele frühe Todesfälle – das ist doch der Stoff, aus dem Romane sind! Sie hat noch kein Buch von mir gelesen, sagt die Frau Forscherin, aber zumindest weiß sie, dass ich Bücher schreibe, ohne dass ich es erwähnt hätte. In ihren Augen lese ich: „Schreiben Sie! Schreiben Sie! Ich würde selber, wenn ich könnte, aber ich bin leider keine Schriftstellerin. Ich kann nur Material sammeln." Die Moros zum Beispiel, die in Viktring lebten und über fünf Ecken mit den Herberts verwandt, waren große Protegés des Landschaftsmalers Markus Pernhart, der fast gleich alt wie Ottilie war. Einmal waren die beiden sogar zur gleichen Zeit in Gastein. Ob sie sich da kennengelernt haben, lässt sich nicht mehr feststellen, sagt die Frau, aber wenn man einen Roman macht, müsste man die Ottilie und den Markus Pernhart unbedingt miteinander verbandeln! – Nanana! Das wäre ja noch schöner! Das kommt gar nicht in Frage, Frau Forscherin! Ein Nebenbuhler im eigenen Buch, und noch dazu ein Landschaftsmaler! So einen Verkupplungsschund schreibe ich bestimmt nicht, ganz abgesehen davon, dass ich leider gar nicht mehr schreiben kann, keine Erzählungen und keine Romane, weder den noch irgendeinen anderen. Ottilie ist wiedergekommen, um mich dorthin mitzunehmen, wo sie jetzt ist. Und Markus Pernhart soll bleiben, wo der Pfeffer wächst.

Wenn die Frau Forscherin einmal angefangen hat, von ihren Forschungen zu erzählen, kann sie gar nicht mehr aufhören, und ehe ich mich versehe, ist der ganze Tisch in mehreren Schichten mit alten Urkunden und Dokumenten belegt, Familienwappen, Büchern, Ansichtskarten, alten Portraitphotographien, Zeitungsartikeln, Plänen, Partezetteln. Photographien von Gräbern, Grabsteinen, Grabsteininschriften. Für den Historiker, sagt sie, sind Gräber eben unverzichtbare Quellen. Früher einmal wollte sie sich verbrennen und einäschern lassen. Davon ist sie jetzt abgekommen: Wie schnell verwurstelt man eine Urne!

Die Saga, sagt sie, könnte zum Beispiel beim ersten Herbert ansetzen, der sich in Kärnten niederließ. Er stammte aus der Gegend von Paderborn und wurde im Jahr des Westfälischen Friedens geboren. Er studierte in Innsbruck Medizin, ging nach Kärnten und wurde Stadtphysikus von Klagenfurt. Wie es sich für einen guten Amtsarzt gehört, starb er zusammen mit allen seinen Patienten an der Pest.

Die Saga könnte auch bei seinem Enkel ansetzen, Johann Michael von Herbert, eine vitale Gründerzeitnatur, ein Managertyp und Lebemann, der zweimal verheiratet war und 32 Kinder zeugte: Wie geschaffen für einen Roman! Er gründete die Kärntner Bleiweißfabrik, die erste ihrer Art in Österreich, die Mennigefabrik in Reifnitz und wurde dafür von Maria Theresia zum Freiherrn ernannt. Der Stadtwohnsitz der Familie wurde das Herbertstöckl, ein Ringstraßenpalais, wenn auch bloß in Klagenfurt, so doch sicherlich ein wunderbarer Schauplatz für den Roman, sagt die Forscherin, wühlt am Tisch nach Unterlagen zur weiteren Orientierung, bekommt einen alten Aufsatz der verstorbenen Journalistin Trude Polley zu fassen und beginnt darin zu blättern. Der Nachfolger Michaels als Firmenchef war Franz de Paola von Herbert – Ottilies Großonkel. Nach dem Lebemann der Sterbemann. Franz wurde 1759 geboren, im selben Jahr wie Schiller, der großen Einfluss auf sein Leben gewinnen sollte. Franz war erst zweiundzwanzig Jahre alt, als er die Leitung der Bleiweißfabrik übernahm, und erwarb sich schnell den Ruf eines guten Chemikers und Geschäftsmannes. Aber das konnte und durfte nicht alles sein im Jahrhundert der Philosophie, in dem alles neu überdacht wurde und in dem, beflügelt von diesen neuen Ideen, auch die deutsche Literatur eine nie dagewesene Blüte erreichte.

Kant und Schiller waren die Sterne, zu denen der Kärntner Fabrikant aufblickte, Jena und Weimar die Städte, die er mit den Erwartungen eines Wallfahrers besuchte. 1790 beschloss er, sich einen Studienurlaub zu gewähren, und erregte Aufsehen, als er nach Jena kam, um Kantsche Philosophie zu hören. Jena war damals ein bescheidenes Städtchen und die Professoren, die an der hochberühmten Universität lehrten, lebten zum Teil in recht knappen Verhältnissen. Die Freigebigkeit Herberts

war für manche ein Segen, nicht zuletzt für Schiller, der damals jung verheiratet war und außerordentlicher Professor ohne Gehalt. Wenn das nicht herrliche Bilder für einen Roman wären! Es ergab sich bald ein freundschaftlicher Kontakt, und Schiller schrieb: „Eine andere meiner Bekanntschaften ist ein gewisser Baron Herbert aus Klagenfurt, ein Mann der Weib und Kind hat, eine Fabrik in Klagenfurt besitzt und auf vier Monate nach Jena reiste, um Kantsche, Reinholdische Philosophie zu studieren. Ein guter gesunder Kopf mit ebenso gesundem moralischen Charakter ..."
Schiller plante damals seinerseits eine Reise nach Klagenfurt, um den Herbertschen Salon zu besuchen, in dem „Männer und Frauen, Jünglinge und Mädchen aus den edlesten Beweggründen enthusiastisch der Philosophie huldigen, wo Musen und Grazien in harmonischem Bunde leben und Ungezwungenheit und Natürlichkeit herrschen", weshalb der Park vor dem Herbertstöckl bis heute Schillerpark heißt. Welch delikate Szenen könnte ein Romancier erfinden, um seinen Leserinnen und Lesern plastisch vor Augen zu führen, was mit dem philosophischen Enthusiasmus, mit Ungezwungenheit und Natürlichkeit der Buben und Mädchen, Männer und Frauen im Herbertstöckl konkret gemeint ist. Schiller ist dann aber doch nicht in den philosophischen Salon nach Klagenfurt gekommen. Kant ist nicht gekommen. Goethe ist nicht gekommen. Nicht einmal Reinhold und Pestalozzi sind gekommen. Niemand ist gekommen. Es ist schnell wieder finster geworden in Klagenfurt. Stockdunkle Nacht. Schnell sind aufklärerische Gedanken unterdrückt worden. Kant war ein Feind Österreichs. Schiller war ein Feind Österreichs. Kantia-

ner, Schillerianer, Josephiner, Republikaner wurden als subversive Elemente und Vaterlandsverräter diffamiert. Im Grund ist das heute genauso. Wer eine von der offiziellen Meinung abweichende vertrat, hatte keine Chance, in Österreich zu publizieren oder Vorlesungen zu halten. Dissidenten mussten ins Ausland gehen, wollten sie ihren Beruf weiter ausüben. Im Grund ist das heute genauso.

Der Philosoph und Freigeist Herbert hatte unter dem polizeilichen Spitzelwesen ganz besonders zu leiden. Allein seine Reisen und die Gäste, die er empfing, machten ihn suspekt. Sein Haus, in dem selbst Frauen Kantsche Philosophie studierten, war laut Polizeibericht verdächtig, Versammlungsort von Menschen zweideutiger Gesinnung zu sein. Er wurde beobachtet und denunziert. Seine Korrespondenz wurde überwacht und öfters beschlagnahmt: Auch ein Brief von Schiller war dabei. Es kam so weit, dass Herbert seine Freunde dringend bat, ihm nicht mehr zu schreiben. In Deutschland machte man sich ernstlich Sorgen um ihn. „Ich fürchte für Herbert“, schrieb Schiller. „Ein Mensch wie er muß den Freunden der Finsternis ein Dorn im Auge sein.“ Die drückende Atmosphäre hatte eine unheilvolle Wirkung auf Herbert. Der Mann, der einst alle durch seine Liebenswürdigkeit bezaubert hatte, wurde misstrauisch und abweisend. Eine geplante Reise nach Königsberg zu Kant, in deren Verlauf ein Wiedersehen mit Schiller vorgesehen war, kam nicht zustande. Ebenso gab Herbert den Wunsch auf, Pestalozzi kennen zu lernen, den er verehrte und finanziell unterstützte. Wirtschaftliche Schwierigkeiten waren sicher mit im Spiel, und die Enttäuschungen schlugen sich mehr und mehr in körperlichen Leiden nieder, die Herberts Rest an Lebenskraft aufzehrten. In dieser Phase müsste ein Romancier besonders behutsam und feinfühlig vorgehen. Den letzten Schritt tat Herbert in Triest, wo er sich aus Geschäftsgründen wiederholt aufhielt. Er erschoss sich am 13. März 1811 mit Blick aufs Meer und einer Kugel aus dem Schrottenturm. Schiller war ja auch schon tot. Und Kant. Die Philosophie hat Franz nicht geholfen, die Realität gelassen hinzunehmen. Aber sie hat ihm geholfen, das unerträglich gewordene Leben freiwillig zu beenden. Ach, hätte er sich doch lieber eine Zigarette angezündet!

Die Forscherin blättert, ganz in die Familiengeschichte versunken, ein paar Seiten zurück: Schon Jahre vor Franz hat seine Schwester Marie, Ottilies Großtante, den gleichen Ausweg gewählt, und sie hätte sich im großen Herbertroman wohl ein eigenes Kapitel verdient. Sie und ihr Geliebter verehren Kant wie einen Gott, und als ihr Geliebter sie verlässt, muß die Kantsche Philosophie als Begründung herhalten: Er hat an Marie einen „Mangel an Wahrhaftigkeit" entdeckt. Das heißt: Er hat sie einer Lüge überführt, einer harm- und folgenlosen, völlig unbedeutenden Dutzendlüge; keine große Sache: Aber das reicht, Marie zu verlassen. Es geht ums Prinzip! Um die Kategorie! Um den Imperativ! Ihr Gefühl sagt der verlassenen und niedergeschlagenen Tante Marie, dass der Mensch von Prinzipien allein nicht leben könne, dass er der Nachsicht, der Liebe bedürfe. Beide sind in der Kantschen Philosophie nicht vorgesehen.

Temperamentvoll, wie sie ist, schickt Tante Marie dem Weisen von Königsberg ihre ganze Verzweiflung ins Haus: „Großer Kant! Zu dir rufe ich wie ein Gläubiger zu seinem Gott um Hilf, um Trost oder um Bescheid zum Tod! ‚Metaphysik der Sitten' hab ich gelesen samt dem ‚Kategorischen Imperativ', hilft mir nichts, meine Vernunft verlässt mich, wo ich sie am besten brauch. Nun antwort, ich beschwöre dich, oder du kannst nach deinem aufgestellten Imperativ selbst nicht handeln." Kant antwortet etwas zaudernd und findet dann doch teilnehmende Worte. Geholfen haben sie nicht. Tante Marie unternimmt mit Freunden einen Ausflug zur Hollenburg, scheinbar in heiterer, ausgeglichener Stimmung. Unauffällig entfernt sie sich von der Gesellschaft und geht in die Drau. Ach, hätte sie sich doch lieber eine Zigarette angezündet!

Tja. Lässt sich die Entwicklung einer Familie über mehrere Generationen verfolgen, so stößt man mitunter nicht nur auf fesselnde Einzelschicksale, sondern erkennt zwangsläufig auch, wie politische Ereignisse in die Privatsphäre hineinwirken. Aber trotzdem: Welche Aussagekraft haben Großonkel und Großtante für das eigene Leben? Man hat dir die Geschichten von Franz und Marie sicher erzählt, Ottilie, du wirst sie zweifellos kennen. Aber welche Bedeutung haben sie für dich? Was sagen sie dir? Großonkel, Großtante sind bloß der Eintrittspreis, den ich zu bezahlen habe, damit die Forscherin die Vorgeschichte beendet und endlich auf Ottilie zu sprechen kommt.

Man könnte den Roman freilich auch 1806 beginnen lassen und schildern, wie die Villa Schludermann gebaut wurde, das Haus Nr. 7 in Reifnitz an der Straße nach Keutschach, ein schönes Biedermeierhaus, das damals „Engelsnest" hieß und heute noch steht, und zwar genau gegenüber der Billa-Filiale. Laut alter Darstellung

floss der Reifnitzbach damals direkt unter dem Haus hindurch und trieb das Mahlwerk der Fabrik an. Als Ignaz von Herbert 1820 heiratete, bezog das Paar dieses Haus. Marie Therese, geborene Perscha, Tochter eines Bleiberger Gewerken, schenkte ihrem Gatten zwar keinen Sohn, aber sieben Töchter. Dann starb sie, mit allen Sterbesakramenten versehen, 34 Jahre alt. Ottilie war die Drittälteste der Schwestern. Alle Mädchen wurden im Haus geboren und getauft. Nur zwei der sieben wurden älter als fünfzig Jahre. Die üblichen Todesursachen, die die Ärzte damals im Totenschein vermerkten, waren Brustwassersucht, Lungenlähmung, Entartung des Unterleibs. Die Frau Forscherin glaubt, dass die ganze Familie an einer schleichenden Bleivergiftung gestorben ist.
Wie hat dein Leben ausgesehen, Ottilie? Ich glaube, sagt die Forscherin, Ottilie hat in ihren 22 Jahren eine ziemlich beschauliche Existenz geführt. Öffentliche Schulen durften Mädchen damals noch nicht besuchen, auch höhere Töchter nicht. Wahrscheinlich hat der Vater einen Hauslehrer engagiert. Sieben Schülerinnen sind ohnehin schon eine kleine Klasse. Wahrscheinlich haben die Engelchen im Engelsnest Heine, Uhland, Lenau gelesen, Schubert und Schumann am Klavier gespielt. Von Heine wahrscheinlich eher die romantischen als die politischen Sachen. In Reifnitz sollte man bei Nacht ja nicht an Deutschland denken; da sollte man schlafen, schon wegen der Schönheit. Und sonst? Handarbeiten, ein bisschen schneidern und nähen, und einmal in der Woche hinauf nach Keutschach, um das Grab der Mutter zu pflegen: Zu Fuß ist das ja ein Tagesausflug. Immer wieder zum Doktor Holazek nach Klagenfurt, völ-

lig sinnlos. Ein bisschen Konversation mit Freundinnen und Schwestern, die Hälfte von ihnen lebte ja noch im Haus. Briefschreiben an die anderen Schwestern. Erzählen, was es Neues gibt: nicht viel. Lesen, malen, musizieren. Alles aus Langeweile, alles zum Zeitvertreib, alles vorderhand und bis zum Heiraten, dem großen Lebensziel eines Mädchens im 19. Jahrhundert, dem wichtigsten, vielleicht einzigen Ereignis des Lebens, dem Sinn der ganzen Existenz. Zwei Schwestern waren bereits verheiratet, als Ottilie am 26. September 1847 das Boot bestieg: Mathilde mit Josef von Hueber in Viktring; Mathilde war zwei Jahre älter als Ottilie, der älteste Engel, das geht der Reihenfolge gemäß in Ordnung. Aber Auguste war ein ganzes Jahr jünger als Ottilie und hatte sich auch schon einen Mann fürs Leben geangelt: Den Julius Rainer nämlich, mit dem Auguste jetzt am Nordufer bei der Schrottenburg lebte, eine Fabrik, die eng mit der des Vaters in Reifnitz kooperierte und Schrotkugeln aus Blei herstellte, Munition für die Jagd. Auguste war eine gute Partie. Aber Ottilie wäre eine noch viel bessere Partie gewesen, meinte jedenfalls Ottilie, denn sie hat dem Julius auch gefallen, dem süßen Rüstungsindustriellen mit den Bergseeaugen und der breiten Brust, da ist sie sich ganz sicher. Weggeschnappt hat Auguste ihr den Julius! Was für ein Gedränge herrschte unter den Schwestern bei der Hochzeit, als Auguste den Brautstrauß warf! Nur Ottilie stand abseits: Sie wollte keinen Brautstrauß. Sie wollte Julius. Den hätte sie *lassen*. Das schönste Kleid von allen trug sie bei der Hochzeit, und war doch nicht die Braut. Meinerseel, was für Bilder! Was für Szenen! Der Roman schriebe sich ja fast von selbst. Sie müssten sich nur darüber trauen!

Ich würde ja. Ich kann nur nicht.
Arbeiten als Broterwerb war für Ottilie nicht notwendig: Gerade für eine junge Dichterin, für eine Poetessa äußerst angenehm. Der Vater hatte nach dem Tod seiner Frau eine Wirtschafterin, Gesinde, Fabriksarbeiter. Am liebsten ging er auf die Jagd, im Gewehr die Bleikugeln aus dem Schrottenturm. Wahrscheinlich war Ottilie oft langweilig. Wahrscheinlich wusste sie nicht, wohin mit so viel Freizeit. Was macht ein junges Mädchen daheim in ihrem Engelsnest an seinem 22. Geburtstag, wenn der Arzt besucht, eine Kerze am Grab der Mutter angezündet, wenn Heine gelesen, Schubert gespielt, der letzte Brief geschrieben, und es draußen trotz Hochsaison grau und grauslich ist? Das Mädchen schreibt sein Testament.
Wenn ich stirb, soll man mich in Maria Wörth begraben. Von meinem Spargeld soll man ein schönes weißes Kreuz machen und recht viele Blumen und Kränze auf meiner Leiche.
Dann trifft sie genaue Verfügungen, wer ihr Riechflaschl bekommt, wer die blaumosaiken Ohrringe, ihr Blumenbuch, ihre zwölf Paar Zwirnstrümpfe, das Handschuhtrögel, das Umhängtüchl, den Strohut, ein guldenes Herzl, das Nähkistl, zwei Silberfingerhüte. 1 blaues Kleid für die Bärbel, 1 grünes Winterkleid für die Mariedl. 1 schönen Siegelring soll man dem Spiridion Mühlbacher zurückgeben, von dem sie ihn hat, und dem Julius den Ring mit seinem Namen.
Das Kleid, das ich bei Augustes Hochzeit getragen habe, soll man mir anziehen. Knappen aus Bleiberg sollen mich tragen, die Schwestern den Ort bestimmen. Musik muß auch sein bei meiner Leiche. Alle meine Lieben werden mich begleiten zu meinem Grab und für mich beten. Das ist mein letzter Wille.

Ich hab trotz allem, was mir schon passiert ist, bis heute kein Testament geschrieben, bis heute keinen Text, der mit den Worten beginnt: „Wenn ich stirb". Nicht einmal im Krankenhaus von Salamanca in der Intensivstation. Darf man ja auch nicht. Testamentschreiben deprimiert mich, und ich finde es kokett. Beinahe wäre ich ohne Testament gestorben. Aber das macht nichts. Man überschätzt das, was man zu vererben hat. Ich habe nichts zu vererben. Heute zieht niemand mehr die Kleider eines Toten an. Auch meine werden umgehend in den Altkleidercontainer der Caritas kommen und von da weiter nach Bosnien, Rumänien oder Afghanistan. Unterwäsche gleich zum Müll. Heute liest niemand mehr die Bücher eines Toten. Wer mich zum Grab trägt, ist mir egal: Auf eine so schweißtreibende letzte Ehre pfeife ich. Am liebsten würde ich überhaupt nicht getragen, sondern mit dem Auto bis unmittelbar vor das Grab geführt werden: Das ist bequemer für alle Beteiligten. Und kein weißes Kreuz, bloß ein schwarzer Quader, darauf Vor- und Zuname, Jahreszahlen, fertig. Mehr wird nicht erklärt. Höchstens die Anmerkung: „Ich ruhe nicht in Frieden. Ich bin tot." Niemals noch habe ich einen Text beendet mit den Worten „Das ist mein letzter Wille". Hat ja keinen Sinn.
Schon zwei Monate nach seiner Niederschrift wurde Ottiliens Testament aktuell. Wirksam konnte es allerdings nicht werden, denn es wurde erst mehr als zehn Jahre nach ihrem Tod – nach ihrem Verschwinden – in ihrer Schreibtischlade gefunden. Wie das zugegangen ist, kann auch die Forscherin nicht sagen. Das schöne weiße Kreuz war jedenfalls nicht für Ottilie. Das haben später erst ihr Vater und ihre Schwestern bekommen. Keine

Musik, keine Blumen, keine Kränze auf deiner Leiche, Ottilie, kein Knappe hat dich getragen, keiner deiner Lieben hat dich auf deinem letzten Weg begleiten können. Gar keine Leiche. Etwa zum Zeitpunkt der Auffindung von Ottiliens Testament starb ihr Vater, der seinerseits ein Testament hinterlassen und darin geschrieben hatte, er sei zwar davon überzeugt, dass seine Tochter Ottilie im Werdersee ertrunken ist. Aber da man sie auch zehn Jahre nach der Unglücksnacht nicht offiziell für tot erklären wollte, musste er bei der Aufteilung seines Erbes an seine Töchter Ottiliens Pflichtanteil berücksichtigen und aufbewahren für den Fall, dass Ottilie doch eines Tages zurückkehren würde. Auf jeden Fall möchte er, Ignaz von Herbert, in dem Grab beerdigt werden, das er für Ottilie vorgesehen hat. Und so ist es auch geschehen.

Auf abenteuerliche Weise ist die Forscherin in den Besitz dieser Testamente gekommen, die in für mich unleserlicher Kurrentschrift geschrieben, von ihr jedoch entziffert worden sind. Noch abenteuerlicher aber war, wie sie ihren allergrößten Schatz gefunden hat, die drei Briefe, die Ottilie am letzten Tag ihres Lebens und in der Nacht ihres Todes geschrieben hat, einen an Auguste ans Nordufer, die letzten zwei an ihre Schwester Barbara: Diese drei Briefe sind hundert Jahre nach Ottilies Tod in der Steiermark aufgetaucht und haben anschließend weitere zwanzig Jahre unveröffentlicht in der Schublade der Journalistin Trude Polley verbracht, die fürchtete, „die Briefe würden ihr, einmal preisgegeben, sehr bald als Glanzstücke irgendeiner rührseligen Geschichte wieder begegnen". Schließlich machte die Journalistin die letzten schriftlichen Lebenszeichen Ottilies aber doch der Forscherin zum Geschenk, nebst einer Masche aus rosa Seidenstoff, die Ottilie selbst getragen hatte.

Brief an Auguste
26. September 1847

Lieber magerer Schnepf!
Also im Bett! Du und Fantasie macht dem Gastein keine Ehre. Hier schicke ich Dir einen Hönig, iß davon alle Mengen, dann wirst Du noch ums Kennen mägerer – ein Witz!! Nicht gut? Holazek meint, ich soll Ader lassen, nein, das kann ich nicht – ich werde diese Medizin fertig einnehmen, dann werde ich schon sehen, wie sie mir thut – gut hoffentlich. – Heute feierten wir der Fantasie ihren Fußbruchtag! Wir saßen den ganzen Tag zuhause! – Du Schnepf! Gestern abends ging die Klag in unserem Haus herum, es war so unheimlich und rauschte so schauerlich, es klopfte an meinem Fenster beim Bett – hu! Mich beutelts wenn ich denk – doch fürchte ich mich nicht, es wird halt wahrscheinlich eine verwandte Seele in der Welt gestorben sein. – Diese Woche komme ich in die Stadt, Julius und Dir Ade sagen, weil wir doch endlich nach Bleiberg gehen – oh Gott, wie ich mich hierauf freue – so lustig – nur fort – fort – ich muß hinauf – bald. Die Fantasie ist so geschröckig, hat gar so schwache Nerven, sie ist so geschröckig und fürchtet sich vor allem. Den Julius grüße ich 1000 Mal – reut es ihn noch immer nicht, daß er nicht lieber mich geheirathet hat? Das ist schon sehr lang. – Heute lernte mich Papa, wie man die Semmel in Kaffee hineinschneidet, jetzt kann ich's schon, so schräg, Du kannst`s gewiss nicht, gelt? Maria Rainer war am Donnerstag entzückend schön, gelt Du – und so liebenswürdig. – Ernst ist stockblind. Papa fuhr nach Pörtschach, er trug mir an mit zu gehen, mir das!?! – wie langweilig.

Franz Holenia holt Emma um neun Uhr Morgens ab in die Stadt – Jabornegg kommt um praecise (?) Uhrschlag – ich allein mit ihm – o Gott wie lustig. – Warum redet den der Victor kein Wort? Macht das die 2te Liebe? Nein, das war nur ein Spaß – ich bin gar nicht boshaft –
Leb wohl Schnepf! Heute dachte ich mir, Du bist den Julius gar nicht würdig – gelt ich habe recht?? Leb wohl – leb wohl – also nur gesund werden – was macht Sie? Den ganzen Tag ist Sie mit mir in der Stadt herumgelaufen – Oh nein, wie Sie lieb ist – Neues ist nichts vorgefallen, das Dir einen Spaß machen könnte, ich weiß gar nichts – als daß Tischler erzählte heute, der Pfarrer und der Kaplan hätten in der Kirche bald gerauft.
Also Ade wir gehen zum Essen, gieb dem Julius auch vom Hönig.
Ottilie

Merkzeichen
„Fledermaus"
„Gott schütze Dich"
„Bet für mich"

1. Brief an Bärbel
Sonntag ½ 9 Uhr Abends

Liebes Lieb! Du!
Jetzt werde ich übern See fahren – und werde der alten Nakonigin als Engel ein paar Pfund Reis-Öhl und Zucker alles in ein Tüchel eingebunden aufs Fenster stellen, wenn sie dann morgen aufsteht so wird sie keine Ahnung haben woher.
Der Emma sage ich nichts davon, weil sie sich gleich denkt, ich fall in See, ich fürchte mich nicht, es geschieht mir auch nichts –

mein Perspectiv nehme ich mit, damit ich nicht auf eine Krassen aufsitz – in einer halben Stunde bin ich wieder zu Hause und werde mich darüber freuen, daß mir alles gelungen ist – wie lustig, daß mir das heute Abends eingefallen ist, - ich werde mich recht still hinaus schleichen daß mich kein Mensch hört, sag es eben Du keinem Menschen nicht, sonst ist wieder ein Lärm umsonst, mir ist das Geben so lustig – und heimlich erst, weil keine Seele etwas weiß. Die alte Nakonigin hat die Bauchwassersucht, - wird auch bald sterben, ich erleichtere ihr das Leben, so viel ich kann – o Gott gieb mir, daß ich es wieder den armen Leuten gebe. Bärbel gieb nur immer recht gern, dann wird dich Gott und die Menschen lieb haben, - Leb wohl Deine
Ottilie
Ich komme gewiß zu Dir hinaus mich beurlauben, bevor wir nach Bleiberg gehen

2. Brief
Sonntag, den 26. September 1847

Mein liebes Herz!
Weil ich so lieb Dich hab!!
Nimm diese große Gab!
Und denk Dir, Ottilie ist gut!!!
Da sie mir so unendlich viel schenken und geben thut.
Diese Einmerkung machte ich heute Nachmittag. Emma geht morgen mit Franz Holenia, welcher gestern mit Pepi Moro da war, in die Stadt, das heißt, er holt sie um 9 Uhr Morgens ab, beim rothen Kreuz – ich begleite sie hin.
Donnerstag war ich in Freienthurn o Gott! Eine Menge Leute waren oben, der Betstudent war auch – Samstag reiste er ab.

Von Marie Rainer war ich entzückt – so schön war sie – Marie ist sehr liebenswürdig, ich hab sie sehr gern. Höre Bärbl, bevor ich nach Bleiberg gehe – komme ich eines Abends zu Dir! Mein Lieb! Aber Du schreibst mir gar nichts und niemals – diese Woche gehen wir einmal fort – Mathilde vergönnt es mir nicht – das thut mir sehr weh, alles eins – fort – nur fort – wenn ich nur schon längst gegangen wäre – mir kommt immer vor, wenn ich nicht fortgehe, so geschieht mir etwas – das macht die Freud, weil ich so gerne nach Bleiberg gehe, o Gott, und weil ich mich so hinauf freue. Ich habe ein banges Gefühl zu Haus, wahrscheinlich wegen Herbst, gelt Bärbl? Ja jetzt muß ich Dir geschwind was erzählen – Denke dir gestern Samstag Abend ging die Klag in unserem Haus herum – ich hörte es – es klopfte am Fenster und rauschte so unheimlich herum im Haus und in meinem Zimmer der Emma sagte ich nichts davon, den sie hat so schlechte Nerven und fürchtet sich gleich sehr – es stirbt gewiß wer in unserem Haus – aber gerade an meinem Fenster klopfte es und rauschte vorüber – ich fürchte mich gar nichts – nicht so wie Du. Heute ist der 26te September wo sich die arme Emma den Fuß gebrochen hat. Papa fuhr nach Pörtschach, er wollte mich mitnehmen, allein ich dankte. Donnerstag sind wir bei Frau Marie Mühlbacher auf Mittag geladen. Auguste und Julius kommen auch. Frau Maria ist gegen uns sehr lieb und gut.

Damit schließt der zweite Brief an Bärbl. Es muss, wenn die Datierung des ersten stimmt, gegen zehn Uhr gewesen sein, als Ottilie die Feder aus der Hand legte. Dann verließ sie das Haus, ging die paar hundert Meter hinunter zur Bootshütte am See, machte das Boot los, ruderte in die Nacht hinaus und kam nie wieder zurück.
Die Dämmerung bricht auch fast schon über Reifnitz herein, als die Frau Forscherin mit ihren Ausführungen

zu Ende kommt. Nachdem sie sich die Frage so lang verkniffen hat, fragt sie mich am Schluss doch noch, was denn der Ast in meinem Mund zu bedeuten habe und ob ich mir das Rauchen abgewöhne. Ah, Süßholz! Da hat sie was für mich, sagt sie, verschwindet kurz in der Küche und kommt mit zwei Beuteln Wellness-Kräutertee „Süßholz-Orange – würzig & vital" zurück, einer für mich, einer für meine Frau. Den gibt's beim Billa.

4

Mein liebes Lieb! Du!

Entschuldige, dass ich mich so spät melde: Ich habe aber eben erst erfahren, dass 150 Jahre lang niemand deine Briefe beantwortet hat. Also dann: Vielen Dank für den Hönig! Ich werde ihn in den Kühlschrank oder vielleicht gleich ins Gefrierfach stellen und erst auftauen, wenn mir danach ist. Manche meinen ja, Honig sei gesund, und im Vergleich zu den meisten Produkten der Lebensmittelindustrie stimmt das wohl auch. Aber für einen Hyperlipidämiker wie mich mit meinen dramatisch überhöhten Triglyzeridwerten ist auch der natürlichste Ja-natürlich-Biohonig reines Gift, Ottilie! Überhaupt drückt uns hier alle Übergewicht zu Boden, Ottilie! Stell dir vor, das *Astoria* wird jetzt zum Fastenhotel umgebaut! Das wird ein Renner! Statt der Semmeln kannst du dir dann höchstens Knäckebrot in den Kaffee schneiden, und statt Hönig gibt es Kräutertopfen! Es sei denn, du leidest außer an Hyperlipidämie auch noch an Lactoseintoleranz: Dann gibt es statt Kräutertopfen gar nichts! Kostet deshalb aber nicht weniger. Wenn einem für viel Geld die Butter vom Brot genommen wird, heißt das heute *Wellness.* Noch gefährlicher als Hönig sind Eier, mein Lieb, wegen des vielen Cholesterins. Und das Gefährlichste überhaupt ist Fleisch! Honig, Eier und Fleisch – und du bist schon so gut wie tot! Kein Witz!

Dass du Reis, Öl und Zucker für *Nachbar in Not* spendest, ist ganz lieb, Ottilie, wenngleich Zucker wie gesagt eigentlich extrem schädlich ist und die Menschheit eines Tages am Zucker zugrunde gehen wird. Bei Öl kommt es darauf an, welches: Olivenöl ist gesund. Aber woher solltest du Olivenöl haben? Und Reis, na ja: Schadet nicht, aber nützt auch nicht viel. Gegen Bauchwassersucht hilft Reis nicht wirklich. Zweckvoller, praktischer und effektiver als solche gut gemeinten Sachspenden wäre es freilich, einen Erlagschein auszufüllen und eine runde Summe vom Bankkonto abbuchen zu lassen. Oder du veranstaltest ein Golfturnier in Dellach und stiftest den Reinerlös einer karitativen Einrichtung. So macht man das. Dafür scheint dann irgendwann nach Weihnachten in einer *Licht-ins-Dunkel*-Spezialsendung im Fernsehen dein Name in der Spenderliste auf: Die kannst du auf einer Videokassette aufzeichnen und abspielen, wenn jemand zu Besuch kommt. Charity ist geil, Ottilie!

Apropos Licht ins Dunkel: Besonders hell ist es nicht von dir, mitten in der Nacht über den stockdunklen See zu rudern und draußen zu rufen „Ist da jemand?" Da hat die gute Emma nicht ganz unrecht! Weißt du, wie das ist, wenn man ertrinkt, Ottilie? Wenn sich die Lunge mit Wasser füllt? Wenn man den Erstickungstod stirbt? Hast du schon einmal eine Wasserleiche gesehen? Wie aufgeschwemmt die ist, wenn man sie nach ein paar Monaten findet? Eines Tages, hundertfünfzig Jahre später, steht zum Beispiel in der Zeitung, dass Tauchen zu den Hobbys des Kommandanten des Gendarmerieposten Reifnitz gehört. Gestern, steht da, war der Mann in der Pritschitzer Bucht unterwegs und machte um drei Uhr nachmittags einen grausigen Fund. In 26 Meter Tiefe sah er sich plötzlich einem Totenkopf gegenüber. Offensichtlich handelte es sich um einen menschlichen Schädel. Akuten Mordalarm musste er

nicht auslösen. Das Fleisch war bereits verwest, der Schädel skelettiert. Weitere Teile des Körpers konnte er nicht finden. Willst du das, Ottilie? Willst du das? Der zuständige Beamte vom Gendarmerieposten Pörtschach erklärte, der Totenkopf weise keine Anzeichen von Gewalteinwirkung auf. Gerichtsmediziner werden nun klären, wie alt der Schädel ist. In ihm fanden sich Reste des Hirns, erklärte der Beamte. Damit steht DNA-Material zur Verfügung, das mit der DNA-Datenbank abgeglichen wird. Ich fürchte aber, dass du in der DNA-Datenbank noch nicht registriert bist, Ottilie. Gibt es keinen Treffer bei der DNA-Analyse, kann immer noch das Zahnprofil zur Klärung der Identität führen, schließt der Redakteur und meint unverbindlich, es könnte sich bei dem oder der Toten um einen der seit Jahren vermissten Badegäste oder Eisläufer handeln. Von dir ist nicht die Rede, Ottilie, dazu ist der Redakteur noch zu jung. Aber wer weiß? Warte doch noch ein bisschen mit deiner Bootsfahrt, Ottilie, bis die batteriebetriebenen Taschenlampen erfunden sind! Thomas Alva Edison ist schon auf der Welt! Edison wird demnächst zu experimentieren beginnen. Kann nicht mehr lange dauern! Bald wird auch über dem Werdersee das Licht der Aufklärung leuchten. Nimm bis dahin wenigstens eine Schwimmweste mit!
Oder ist die Spendenaktion gar nur ein raffinierter Vorwand? Hast du in Wirklichkeit ein Rendez-Vous, Ottilie, das du vor deinem Vater und deinen Schwestern geheim halten willst? Ein Date? Ein Blind Date? Und wer ist der Glückliche? Ein Bauernbursche? Ein Halterbub? Der Betstudent? Der Hauslehrer? Oder gar dein Schwager Julius vom anderen Ufer? Darf Auguste deshalb nichts

wissen? Und die anderen Schwestern auch nicht, weil sie doch tratschen und Auguste alles erfahren könnte?
Julius lässt dich übrigens schön grüßen, Ottilie. Er ist zwar glücklich verheiratet, aber verheiratet heißt ja nicht gestorben, sagt er. Es muss noch etwas anderes im Leben geben als Schrotkugelerzeugung und Auguste. Und recht hat er! Das einzige Ziel im Leben einer Frau kann doch nicht die Heirat sein, Ottilie! Diese Übergangslösung, die im Schnitt nach einem Jahr wieder geschieden wird. Der Dümmste dabei ist immer der Brautvater: Zuerst das sauteure Hochzeitsessen für hundertzwanzig Gäste auf Schloss Leonstain, und schon im Jahr darauf die Anwaltskosten. Mein Tipp, Ottilie: Mach die Externistenmatura und geh studieren. Muss ja nichts Besonderes sein. Es reicht völlig, wenn du Pädagogik inskribierst. Oder Theaterwissenschaften. Oder Psychologie. Das praesuicidale Element im Kärntnerlied zum Beispiel. Alles weitere findet sich schon.
Niemand kann Triebverzicht von dir verlangen! Niemand kann von dir verlangen, dass du dich aufsparst bis zum Nimmerleinstag! Schau dir im Spiegel deine Beine an, Ottilie! Deine Beine sind ein Kapital. Du musst es nur veranlagen. Du bist jung! Du bist schön! Schönheit ist das Wunder aller Wunder. Aber du hast nur ein paar Jahre, um das Leben in vollen Zügen auszukosten. Wenn du scharf auf Julius bist, dann nimm ihn dir, Ottilie! Der sagt bestimmt nicht nein. Ein bisschen über Heine plaudern, ein bisschen Hönig ums Maul schmieren, ein paar Gläschen Wein, vielleicht ein Longdrink, eine Pinacolada oder ein White Russian, eine kurze, wie zufällige Berührung – und ab geht die Post. Nimm dir den Halterbuben, den Bauernburschen, den Betstuden-

ten: Probier ruhig alle durch. Dann wirst du schon sehen, ob der Richtige dabei ist. Nur nicht so verkrampft und so geniert sein, Ottilie. Eines Tages kommt der Richtige auf jeden Fall: Du wirst ihn sehr leicht erkennen, denn er wird ausschauen wie von einem anderen Stern. Und er wird mit dem Fahrrad kommen, nicht mit einem Höllengefährt. Aber vorher gehen wir noch zu Holazek: Der soll dir die Pille verschreiben! Und da wir gerade dabei sind, auch etwas gegen die Herbstdepression. Seropram, Trittico, Tresleen: Was die Pharmaindustrie eben so alles auf Lager hat. Am effektivsten wirken freilich ein paar John Player Special!

Wenn du schon in der Stadt bist, dann gehen wir doch auch einmal shoppen! Fashion for living, Ottilie! Wenn du zum Beispiel den Julius aus der Reserve locken willst, Ottilie, vergiss die Zwirnstrümpfe! Wir gehen zu *Intimissimi* und nehmen etwas aus Nylon oder Seide. Oder Netzstrümpfe, natürlich mit eleganten Stöckelschuhen. Stringtanga, Wonderbra, Ottilie, und du wirst sehen: du bist ein anderer Mensch! Und abends gehen wir nach Freyenthurn essen. Wunderschön ist das Schloss jetzt hergerichtet: Alte Stilmöbel, wertvolle Teppiche, Tiffanylampen, Gästezimmer mit Whirlpool, hervorragendes Essen, alles vom Feinsten. Nachts ist Freyenthurn festlich beleuchtet und angestrahlt, sodass man es weithin über Stadt und See sehen kann. Caroline von Moro würde Augen machen! Das Menü zu hundert Euro: Wie viel das in Gulden umgerechnet ist, weiß ich nicht; einiges jedenfalls. Ob der Betstudent noch in Freyenthurn wartet, kann ich nicht sagen. Aber sonst sind eine Menge Leute dort. Die neuen Herren nennen Freyenthurn einen „Ort der Begegnung“, erzählen von „nobler At-

mosphäre“, „stilvollem Ambiente“ und „gehobenem Niveau“. Allerdings weiß ich nicht, ob man dich hineinlassen wird, Ottilie: Hausfremde Damen haben keinen Zutritt. Freyenthurn ist ein Bordell.
Was schließlich die Klag betrifft: Da musst du dir keine großen Sorgen machen, Ottilie! Die ist naturwissenschaftlich nicht nachweisbar. Vermutlich handelt es sich hier einfach um esoterisch hochgepeppelte Windgeräusche, die sich leicht vermeiden ließen, wenn ihr im Engelsnest hermetisch isolierte, schalldichte Thermofenster einbaut. Wissenschaftlich bekannt und beschrieben und verifiziert ist hingegen das Phänomen der Self-fullfilling-prophecy. Wie gesagt: Einfach Psychologie studieren!
Deinen Ratschlag, immer gern zu geben, damit mich Gott und die Menschen lieb haben, beherzige ich und schicke dir hier einen meiner beiden Beutel Süßholz-Orange-Wellness-Kräutertee von Billa. Sprudelnd kochendes Wasser übergießen und 6 Minuten ziehen lassen!
Leb wohl! Dein liebes Herz.

Mein liebes Herz!
Ich danke! Aber es bleibt dabei: Ich fahre jetzt übern See.
Ottilie

5

Unser Land ist klein und eng und schön, wunderbar für einen, der im Sommer als Urlauber und Nichtstuer auf Besuch kommt und sich an den Strand legt, um abzuschalten, sich abzuschalten, sich loszuwerden. Die große Welt, das richtige Leben, die wichtigen Leute sind anderswo. Unser Land ist ein Kessel. Man muss hinaus, um nicht eingekocht zu werden. Man muss hinaus, um weiterzukommen; man muss hinaus, um immer wieder zurückzukommen mit einem warmen Gefühl, aber man muss hinaus. Ich will fort, nur fort. Out of Reifnitz. Out of Maria Wörth. Hoch hinaus. Man müsste schon ein Fremder sein, um es länger als eine Stunde in Maria Wörth auszuhalten, seufzt Ottilie. Ach Mädchen! Ich will leben, ruft es, und ist doch schon so lange tot. Wie weit kannst du, Ottilie, gekommen sein mit den Verkehrsmitteln deiner Zeit von Maria Wörth aus in den 22 Jahren deines Lebens? Goritschach, Augsdorf, Duel, Unterjeserz, Sonnental, Kranzlhofen, Pörtschach, Klagenfurt. Das waren die Grenzen deiner Welt. Und Klagenfurt sah trist aus. In den verwahrlosten Straßen wirbelte bei trockenem Wetter der Staub. Bei Regen versank man im Morast. Wüst durcheinander lagen am Straßenrand die Trümmer der Befestigungsanlagen, die Napoleon hatte sprengen lassen. In den Stadtgräben versickerte das Wasser, Ratten und Malariamücken gediehen prächtig. Einmal im Jahr nach Bleiberg zum Großvater, alle zwei Jahre einmal nach Gastein. Du hättest doppelt und dreimal so alt werden können, Ottilie, du hättest es nicht weiter als bis nach Wien und Venedig geschafft, nach Graz, Triest, Laibach und Rijeka. Heute ist die Welt größer, heute fängt die Welt erst ganz wo anders an. Heute, Ottilie, liegt im Nordosten Klagenfurts ein Flughafen, von dort aus starten Flugzeuge nach Frankfurt, Wien, Köln, London, und von dort aus wieder starten Flugzeuge in jede beliebige Stadt Europas und in jede beliebige Stadt der Welt.

Was tue ich denn da? Ich erzähle einem Mädchen, das mit einer Öllampe zu Bett geht, Wasser vom Brunnen holt, Kaffee über dem Feuer kocht und sich aufs Plumpsklo setzt, von Austrian Airlines und Lufthansa und Hapag-Lloyd Express. Kein Wunder, dass sie mich nicht versteht! Kein Wunder, dass sie keine Ahnung hat, wovon ich spreche. Bloß 150 Jahre liegen zwischen uns, und unsere Lebensbedingungen haben nicht mehr das Geringste miteinander zu tun: Wir sind einander Außerirdische geworden. Wir leben nacheinander auf einem Planeten, aber in zwei Welten: Alles ist anders geworden. Nur der Text deines Liedes hat noch immer Gültigkeit.

Der Mensch ist ein Himmelswesen geworden, Ottilie! Dabei sind Luftfahrt und Raumfahrt für uns Selbstverständlichkeiten und gar nicht mehr der Rede wert. Schon in den frühen Siebzigerjahren des zwanzigsten Jahrhunderts – da war ich ein zehnjähriger Knabe – berichtet eine Dichterin in ihrem letzten Werk „von der Provinzstadt und zugleich Hauptstadt, die an das internationale Flugnetz mit einem Flugzeug angeschlossen war, mit dem man, aus unerfindlichen Gründen, über Frankfurt nach London fliegen konnte“. Ich bin als Kind nie mit diesem Flugzeug geflogen, aber ich bin fast jeden Sonntag am Flughafen gewesen, um von der Terrasse aus zuzusehen, wie das Flugzeug landet und startet und wie winzige Menschen in diese gigantischen Damenoberschenkel mit Flügeln ein- und aus ihnen aussteigen. Die Dichterin liegt nun auch schon seit über einem Vierteljahrhundert schräg gegenüber vom Flughafen am Friedhof Annabichl begraben. Einigermaßen neu und repräsentativ für die momentane Gegenwart, in der ich erzähle, sind Mobiltelefone, PCs, Notebooks, E-mails, Internet, aber es wäre völlig aussichtslos und absurd, mit Ottilie über unsere neuen Kommunikationssysteme zu kommunizieren. Jedenfalls, liebe Ottilie, benützen wir mittlerweile ununterbrochen Dinge, Maschinen, Apparate, die viel mehr können und viel klüger sind als wir. Aber weder verstehen wir sie, noch sie uns. An uns gibt es vielleicht auch nicht gar so viel zu verstehen. Wir wissen auf gar keinen Fall mehr, was wir tun. Das zu wissen ist unmöglich. Wenn ich in www.goggle.at die Suchbegriffe „ottilie+herbert" eingebe, erhalte ich in 0,06 Sekunden 15.300 Ergebnisse, allerdings hauptsächlich solchen Unsinn wie „Klosterneuburger Schützenverein 1288 Luftpistole; Ergebnisse: Halbweis Ottilie 912, Mayr Herbert 911" oder „Jüdische Schriftstellerinnen und Schriftsteller in Westfalen (Eric Schildkraut, Ottilie Schoenewald, Herbert Schenkmann etc.)" „egyd+gstaettner" bringt es in 0,55 Sekunden bloß auf 3.220 Ergebnisse, aber die meisten haben wenigstens am Rand irgendetwas mit mir zu tun. Das Wissen ist in den letzten 150 Jahren explodiert, das Wissen ist ein Explosionsopfer, und niemand kann das Wissen wissen, das Wissen weiß sich selber nicht. Wir sind verloren, aber wir sind gut aufgehoben in diesen Verlusten. Wir sind schon die überübernächste Welt. So möchte man meinen, dass wir in einem fort Grund zu jubeln hätten über die Rasanz und Großartigkeit des Fortschritts, und darüber, wie digital und komfortabel das Leben binnen weniger Jahrzehnte geworden ist. Aber dessen ungeachtet ist die Condition humaine dieselbe geblieben wie immer. Das Dasein ist leicht, aber das Leben ist schwer. Niemals hat es mehr Tristesse und Frustration und Depression gegeben als in unserer schönen neuen Welt. Niemals waren die Menschen leerer, schwächer, dürftiger.

Überallhin fliegen Flugzeuge, Ottilie, überallhin fliegen Menschen. Nach Spanien zum Beispiel ist das Flugzeug geflogen, in dem ich gesessen bin, um in der großen Welt wichtige Menschen zu treffen. In Salamanca aber bin ich zwischen den wichtigen Menschen mit meinem Herzinfarkt zusammengebrochen und wäre fast gestorben. Ein Ambulanzflugzeug hat mich zwei Wochen später auf einer Bahre liegend zurück nach Hause in den Kessel gebracht. Seither habe ich kein Flugzeug mehr bestiegen. Seither darf ich nicht nur nicht mehr rauchen und bin außerstande zu schreiben, sondern auch außerstande zu fliegen: nichts geht mehr aus dem ersten Leben. Und larmoyant bin ich auch noch geworden. Ich nehme mich allzu wichtig, seit es mich nicht mehr gibt. Nachdem ich die Grenzen meiner Sprache übertreten hatte und dabei abgestürzt war, habe ich nun auf ganz banale Weise die Grenze meiner Sprache wieder zu der Grenze meiner Welt machen müssen. „Fliegen, schreiben, rauchen, glauben: alles eins." Dieser Satz steht ganz am Anfang des ersten Teils meiner Nichtstuertrilogie. Wenn eines nicht mehr geht, geht gar nichts mehr: Damit endet die Trilogie drei Bücher und hunderte Seiten später. Davon handelt diese Nachschrift. Quod erat demonstrandum. Oder bin ich einfach nur trotzig, un-

vernünftig, eigenwillig? Will ich mit dem Kopf durch die Wand? Ja, trotzig bin ich, ja mit dem Kopf durch die Wand will ich. Wäre ich nicht trotzig, gäbe es kein einziges Buch von mir. Ich hab immer nur mit dem Kopf durch die Wand geschrieben, anders geht es nicht.
Statt Flugzeug Fahrrad, statt schreiben Rad fahren, als unerlöste Seele geistig gelähmt immer wieder rund um den See, immer wieder rund um dich, Ottilie, bis ich eintauche, bis ich zu dir komme, bis ich mich endlich los bin. So wie ich bin, habe ich ja keinen Sinn. Diese hartnäckige kitschige Todessehnsucht ist sicher auch eine Nebenwirkung des Nichtrauchens. Solange ich geraucht habe, habe ich mich vor dem Tod gefürchtet, ja entsetzlich geekelt. Heute ist das umgekehrt, denke ich und trete in die Pedale. Statt Lentini, Lissabon, Salamanca: Krumpendorf, Unterdellach, Hasendorf. Heute führen meine Weltreisen nach Unterjeserz und Oberjeserz. Da gibt es keine große Welt und keine wichtigen Leute, bloß ein paar grasende Kühe rund um den Stall und einen Knecht mit der Mistgabel, aber das Krankenhaus ist in der Nähe, die Intensivstation, die Lyse. Wie man am Morgen nach deinem Verschwinden bloß dein leeres Boot im Uferschilf schaukelnd gefunden hat, wird man vielleicht eines Tages irgendwo am Seeufer mein Fahrrad im Gebüsch finden. Nur meine Leiche wird nicht zu finden sein, weil ich mit dir in dein Zeitloch zurückgeschlüpft bin. Während man hier nach mir fahndet, stellst du mich gerade deinem Herrn Papa vor. Hinter einem Zaun versteckt deine Schwestern, sie mustern mich, tuscheln, kichern und zerreißen sich die Mäuler.
Aber vorher gibt es noch einiges aus meiner Welt zu erzählen, Ottilie! Die erste Etappe meiner Übersprungs-

seeumradelungen ist Maria Loretto, die kleine Halbinsel in der Ostbucht, ein schattiger Locus amoenus mit Bad und Bootshafen, Restaurant, Schloss und Kapelle, wo der Lendkanal und die Sattnitz in den See münden. Vor einigen Jahren ist ein heimischer Konzeptkünstler auf die Idee gekommen, den Jahreswechsel anders als gewohnt, nämlich ruhig und besinnlich zu feiern, und er veranstaltet seither hier in Maria Loretto einen „Stillen Silvester", eine stille Nacht am letzten Tag des Jahres: Fackeln statt Raketen, Kerzenlicht und eigens beschnittene Holzstämme, die von innen nach außen brennen, statt mitternächtlichen Feuerwerks und Böllerkrachens, knisterndes Lagerfeuer in großen Blechschüsseln, Kessel mit Glühwein und Glühmost statt Sekt und Champagner, auch nach Mitternacht nur dezente Musik, und auf ganz Loretto kein elektrisches Licht in dieser Nacht: Alles sehr romantisch und beschaulich, alles à la 1847. Die Idee war gut, denn Jahr für Jahr haben mehr Leute den Trubel der Innenstadt bleiben lassen und sind lieber in die stille, dunkle Ostbucht gekommen: Zuerst ein Dutzend, dann hundert, dann fünfhundert. Schließlich ist der Veranstalter auf die Idee gekommen, als Höhepunkt und Hauptattraktion des Abends eine halbe Stunde vor Mitternacht, bevor die Glocken der kleinen Kapelle von Loretto zu läuten beginnen und die Menschen auf der Halbinsel einander zuprosten, Glück wünschen, das neue Jahr begrüßen und den Donauwalzer tanzen, in einem Boot mit einem Dichter in den schwarzen See hinauszurudern und ihn dort bei Kerzenlicht eine Neujahrsansprache halten zu lassen, so dass die Worte des Dichters vom Ruderboot aus über den nächtlichen See zum Ufer schallen.

Als mich der Veranstalter, der von meiner Anamnese ja nichts wissen konnte, bereits zum ersten Jahreswechsel nach meinem Infarkt einlud, beim Stillen Silvester den Part des Dichters auf dem See zu übernehmen, war mir gleich unwohl bei der Sache. Denn als der Impresario mir von der romantischen nächtlichen Bootsfahrt auf dem eiskalten Wasser erzählte, musste ich zwangsläufig an dich, Ottilie, und an dein unromantisches Ende denken. Die Nacht des 31. Dezember wird noch viel schwärzer sein als die des 26. September, die Wassertemperatur wird nur ein paar Grad über null liegen. Wenn wir am 31. Dezember auch bloß hundert Meter vom Ufer Maria Lorettos entfernt verunglückten, wären wir vor den Augen aller Schaulustiger und Jahreswechsler rettungslos verloren, und kaum zehn Monate nach meinem ersten Lebensende wäre dann wirklich alles aus. Als hätte er meine skeptischen Gedanken gelesen, beruhigte mich der Impresario sogleich, er sei ein geübter Ruderer, da müsse ich mir gar keine Sorgen machen. Wegen des speziellen Datums musste ich aber nicht nur an dich und deine Bootsfahrt ohne Wiederkehr, sondern auch an Miguel de Unamuno denken, den Salamantiner Dichter, über den ich meinen Roman *Horror Vacui* geschrieben habe, wozu ich mich in das Flugzeug nach Spanien gesetzt, wo ich ein paar Stunden vor meinem eigenen Herzinfarkt erfahren habe, dass mein Romanheld Unamuno ebenfalls an einem Herzinfarkt gestorben ist, und zwar genau am 31. Dezember. Wenn auch vielleicht nicht gerade während einer Silvesteransprache. Was hätte ich bei dieser Silvesteransprache also schon sagen können? All die Molltöne, all die Elegien, die ich dir, Ottilie, hier unter zwei Augen anvertraue, all der

Schmerz, die Selbsttrauer über meinen Verlust, die Aussichtslosigkeit und Verzweiflung und die Verachtung der Medizin wären schlecht aufgehoben gewesen bei einem größeren Publikum in Feierlaune, das jedenfalls nichts von allem verstanden hätte. Also habe ich mir vorgenommen, liebe Ottilie, in meiner Silvesteransprache am See so zu tun, als ob nichts wäre. Aber in meinem Herzen drinnen ist mir immer so schwer. Wortwörtlich: Das wird nicht nur am Stent liegen, an diesem Stahlgitter, an diesem *Standle,* das man mir in die Herzarterie eingepflanzt hat. Ich habe immer gemeint, ich könnte es nicht ertragen. Jetzt ertrage ich es schon fast ein Jahr, aber fragt mich nicht wie! Fragt mich nicht wie! Besser kann man es ohnehin nicht sagen. Was hätte ich in meiner geistigen und kreativen Lähmung auch schon erzählen können außer von mir und was ich tue und wie ich die Zeit totschlage, indem ich immer wieder den See umkreise, als ob nichts wäre? Außer von dir, mit der ich mich schon fast ein Jahr lang unterhalte, und dass du irgendwo da unten unter mir sein musst; dass niemand jemals deinen Leichnam gefunden hat; dass er immer größer und aufgeschwemmter und wässriger werden muss; immer voluminöser, immer gigantischer muss dein Leichnam am Grund des Sees anschwellen, bis du eines Tages das ganze Seebett ausfüllen und von Klagenfurt bis Velden und von Maria Wörth bis Pörtschach reichen wirst; bis du, Ottilie, wie schon so lange prophezeit, wiederkommen, an die Oberfläche treten und alle Boote, die dort plätschern, auch meines mit mir darin, zum Kentern bringen wirst, es sei denn, du wärest dann selbst nur noch Wasser; es sei denn, du hast dich in hundertfünfzig Jahren gar nicht magisch oder mystisch, sondern ganz natürlich und biologisch in den See verwandelt, und jedes Mal, wenn ich im Klagenfurter Strandbad ins Wasser steige, um im See zu schwimmen, schwimme ich in dir, Ottilie, vereinige ich mich wortwörtlich mit dir. So weiß ich auch schon gar nicht mehr, mit wem ich hier spreche: Mit dir, Ottilie, oder mit dem See. Spreche ich mit dir, spreche ich mit dem See. Spreche ich mit dem See, spreche ich mit dir.

6

Zu jener Zeit am Winteranfang, liebe Ottilie, noch lange bevor der erste Schnee gefallen war, als ich versuchte, mir Gedanken zu machen, was ich zu Silvester auf dem Boot sagen könnte, wurde im Nachmittagsprogramm gerade wieder einmal die Serie *Ein Schloss am Wörthersee* wiederholt. In der Folge, die eine Woche vor Weihnachten ausgestrahlt wurde, war ganz plötzlich und unvermutet der Hotelbesitzer Lennie Berger gestorben, der eigentlich nicht Lennie Berger, sondern Roy Black, und in Wirklichkeit auch nicht Roy Black, sondern Gerd Höllerich hieß und gar nicht Besitzer des Schlosshotels war, das auch gar kein Hotel war, jedenfalls seit den Dreharbeiten 1991 nicht mehr. Und gestorben ist er auch nicht knapp vor Weihnachten, sondern Anfang Oktober. Da aber wirklich: aus dem Leben gerissen, muss man sagen, wenn ein Herz mit 48 zu schlagen aufhört. Daher musste auch Lennie Berger mitten in der Staffel von einer Folge auf die andere ganz wie im richtigen Leben sterben – der einzige Todesfall in der ganzen Serie, in der sonst prinzipiell nicht gestorben wird –, und der Drehbuchautor musste kurzerhand einen „Nachlassverwalter" aus München nach Velden schicken, nämlich Helmut Fischer, mittlerweile ebenso verstorben wie Fritz Eckhard, Telly Savalas, Hanns Eybl, Otto Grünmandl, Hans Hölzl und andere: Binnen zehn Jahren ist aus der Serie ein großes Totenstelldichein geworden.

Eine Büste hat aber nur Roy Black bekommen; sie steht am Sockel des Terrassencafés im „Haus Kretschmann". De mortuis nihil nisi bene, heißt es: Da ich mittlerweile

selbst über vierzig bin und mich in Herzensangelegenheiten auskenne - ich meine kardiologisch -, werde ich mich daran halten und über den sympathischen toten Sänger nichts Negatives sagen, weder dass er ein hundsmiserabler Schauspieler gewesen ist, noch dass er – obwohl Hauptdarsteller – bei jedem einzelnen Auftritt, in jeder einzelnen Szene stets wie ein Statist gewirkt und offenbar auch laut Drehbuch nicht viel zu sagen und zu tun gehabt hat. Gelegentliche Begrüßung von Hotelgästen und dann und wann ein Schönwettersatz auf der Promenade, mehr war für ihn nicht vorgesehen. Daher war seine plötzliche Abwesenheit für den Fortgang der Handlung auch von untergeordneter Bedeutung. Im Gegenteil hat sie vielleicht sogar ein wenig Schwung in die Fadesse gebracht. In der ersten postumen Folge wurden zwei kurze Szenen der vorhergegangenen Folge mit Roy Black als Tagtraumsequenzen zur Erinnerung wiederholt. Auf Lennie Bergers verwaistem Schreibtisch stand sein eigenes Bild mit Trauerflor. Zwei-, dreimal wurde er in Dialogen ganz nebenbei noch liebevoll erwähnt. Gäste waren keine da, sein Hotel wurde ja ohnehin umgebaut und war geschlossen. Wirklich gefehlt hat er kaum. Nur der Ironie halber erlaube ich mir zu vermerken, dass ihm heute, zwölf Jahre nach seinem Tod, nicht einmal seine eigene Büste ähnlich sieht und dass sie, was man von hinten, am Genickansatz, sehr schön feststellen kann, innen hohl ist.
Jetzt setz dich da neben mich auf die Couch, Ottilie, bedien dich an den gesalzenen Erdnüssen! Das größere Kästchen ist der Fernseher, das kleinere der Videorekorder. Daneben die Musikanlage mit CD-Player und Radio. Jetzt schiebe ich eine Videokassette ein, und wir sehen

uns eine Folge an. Recht schrecklich, nicht? Aber zwangsläufig interessieren mich Menschen, die mit 48 Jahren sterben, nachdem sie 48 Jahre lang „Schön ist es, auf der Welt zu sein" gesungen haben. Dieses Lied gemahnt an den Leibnizschen Satz von der *Besten aller Welten,* den ich immer als den mit Abstand provokantesten aller denkmöglichen Sätze und als das empfunden habe, was dein Zeitgenosse Arthur Schopenhauer angesichts der namenlosen Leiden der Menschheit mit „ruchlosem Optimismus" gemeint haben dürfte. Von der trällernden Bejubelung der Ästhetik irdischen Existierens heimgekehrt, hat Roy Black in seiner Fischerhütte dann aber erstaunlicherweise selber Schopenhauer gelesen.
Mich interessieren Menschen, die diese Welt verlassen, wenn es am schönsten ist, also mit 48 und unter mysteriösen Umständen, wenn auch nach längerem Herzleiden, die sterben, das heißt: abkratzen, nachdem sie 48 Jahre lang ein – wenigstens nach außen hin – letztlich doch sehr erfolgreiches, aber eben ein ganz anderes Leben geführt haben, als sie führen wollten. Er war Schnulzensänger, aber auch Mädchenschwarm, er hat ganz sicher mehr Mädchen gehabt als Leibniz und Schopenhauer zusammen. Aber Roy Black, habe ich gehört, hat sich für viele seiner Lieder geniert und wollte von Anfang an viel lieber etwas wie Mick Jagger machen als das, was er selbst gemacht hat. In den eigenen vier Wänden hat er jedenfalls immer Mick Jagger und *No Satisfaction* oder *Painted Black* nachgesungen. Kaum vorstellbar, dass Mick Jagger in den eigenen vier Wänden Roy Black und *Ganz in Weiß* nachgesungen hat. Schopenhauer hätte sich vermutlich weder den einen, noch den anderen angehört.

In dem Fernsehnachruf zu Roy Blacks 60. Geburtstag – 12 Jahre nach seinem Tod – sprachen seine Schnulzensängerkollegen von Ivan Rebroff bis Vicky Leandros *nihil nisi bene*: Er habe eine Aura ausgestrahlt; wenn er einen Raum betreten habe, hätten alle geschaut; gut, das tun sie bei mir auch, wenn ich mich auf ein Podium zubewege. Peinlich wäre es ja, wenn die Leute zwar für mich Eintritt bezahlten, aber mich gar nicht beachteten. Und Roy Black sei immer so höflich und charmant gewesen, immer so zuvorkommend und lieb, immer so freundlich und nett. Um Himmels willen!, denke ich da immer gleich, Nettsein muss derartig ungesund sein! Die Netten beißen immer als erste ins Gras! Nettsein führt unweigerlich zu einem jähen Ende, zum Nettigkeitsherzanfall und Nettigkeitsexitus. Irgendwann halten die Netten ihr eigenes unangebrachtes Dauernettsein nicht mehr aus, zerbrechen am Nettigkeitsdruck und fallen verbissen lächelnd auf der Stelle tot um. Roy Black – da bin ich mir sicher – ist gestorben, weil er ganz einfach *zu* nett war. Kein einziger seiner Kollegen hat Mick Jagger jemals als *höflichen jungen Mann* oder gar – horribile dictu – als *netten Kerl* beschrieben. Aber Mick Jagger lebt noch, auch wenn er heute vielleicht nicht mehr jede Nacht ein Hotelzimmer verwüstet.

Ottilie erlebt topographsiche Wunder beim Ansehen der Serie *Ein Schloss am Wörthersee*: Porcia, Faak und die Burg Hochosterwitz geraten schwuppdiwupp an den Wörthersee und Pörtschach, Maria Wörth und sogar Klagenfurt werden Ortsteile von Velden. Und stets der scharfe Kontrast zwischen Anmut und Armut, zwischen der Tiefe der Bilder und der Seichtigkeit der Worte, zwischen der Schönheit der Seenlandschaft und der

Dummheit der Dialoge. Viel spannender wäre es gewesen, anstatt der haarsträubend erfundenen Episoden die wirkliche Geschichte des Schlosshotels zu erzählen und wie es dazu kam, dass es ein Dutzend Jahre nach seiner Renovierung nach wie vor leer steht, geschlossen ist und in Melancholie versinkt, als würde es noch immer um seinen Herrn trauern und auf seine wundersame Rückkehr warten.

Ottilie erlebt Wunder über Wunder. Wie kommen die kleinen Menschen in das Kästchen? Und wie kommt der See ins Kästchen hinein? Und die vielen kleinen Kutschen mit den unsichtbaren Pferden und dem Stern vorn? Wie dieses Fernsehen funktioniert? Ach Ottilie! Wie soll ich dir das alles erklären! A colour TV! A Mercedes Benz! Dir fehlt alles! Umgekehrt könnte es freilich sein, dass du gar nichts versäumt hast. Hat dir *A Mercedes Benz* wirklich gefehlt, Ottilie, wie es am Samstagabend von der Veldener Bucht herüberschallt? *A colour TV*? *A night on the town*? Das Mädchen, das davon gesungen hat, hat Janis Joplin geheißen, war Liedermacherin wie du, und sie ist 27 Jahre alt geworden, fünf Jahre älter als du. Dann ist sie untergegangen wie du, wenn auch in einer anderen Materie. Verglichen mit ihr hat Roy Black ein biblisches Alter erreicht. Aber *Vita brevis* stimmt in jedem Fall, wir alle sterben jung.

Live fast, love hard, die young! Das waren die drei Imperative der Rockkönigin und Hippiekultfigur Janis Joplin, und sie hat sich auch selbst konsequent und tapfer daran gehalten: Janis Joplin ist am 5. Oktober 1970 mit 27 Jahren an einer Überdosis Heroin gestorben. Bis heute heißt es von der unbürgerlichen Tochter eines texanischen Ölkonzerndirektors fast ehrfurchtsvoll, sie sei

„ein Komet“ gewesen, „der viel zu rasch verglühte“. *I'm counting on you, Lord!*, hat die Rockröhre gegrölt, er hat sie aber trotzdem downgelassen. Der Lord hat Janis Joplin einen Mercedes Benz gekauft – und sie hat auch gleich Vollgas gegeben –, aber schon in der ersten scharfen Linkskurve hat der Lord ihr den Mercedes Benz wieder weggenommen: Der Herr gibt es und der Herr nimmt es. Der Lord selbst, der Superstar Jesus Christus, ist knapp sechs Jahre älter als Janis Joplin, also knapp 33 Jahre alt geworden: Den kennst auch du, Ottilie. Jesus war also offenbar eher dem Prinzip der Selbstverausgabung als dem der Existenzökonomie verpflichtet – ein langes Leben höhlt aus und macht bieder und gewöhnlich –, seinem ganzen Wesen nach war er kein Zusatzpensionscharakter und Bausparvertragsgeist. Wenigstens als Kultfigur war der Superstar Jesus Christus ein Zeitgenosse von Janis Joplin, er hat sein Musical vor ihr, noch zu ihren Lebzeiten erhalten. Auch er wird bis heute in allen Teilen der Welt verehrt; auch er war ein Komet, der viel zu rasch verglühte. Jedenfalls ist Jesus Christus früh genug gestorben, um in die Hippiegeneration als einer ihrer geistigen Führer besser hineinzupassen als in ein verknöchertes, gut situiertes Establishment, wozu auch das klerikale Establishment gehört. Was ist denn Flower Power anderes als die englische Übersetzung von Lilien auf dem Felde? *It's better to burn out than to fade away.* Aber postum kann man sich ja nicht mehr dagegen wehren, von der falschen Seite vereinnahmt zu werden. Ein Musical gibt es mittlerweile auch über dich, Ottilie, allerdings ein Rustical, eines von der falschen Seite. Es ist nicht um die Welt gegangen und nicht einmal um den See: nur von Klagenfurt bis nach Maria

Wörth. Dort war Endstation. Ein einziges schönes Lied ist im ganzen Werk: deines.
Ich bin jetzt vierzig, darf also eigentlich gar nicht mehr mitreden, bin vergleichsweise ein älterer Herr – wenn ich nicht bald vom Firmament verschwinde, werde ich nicht mehr wie ein Komet verglühen, sondern wie die Grundmauern einer Ruine ausgebrannt sein (zu früh ausgebrannte Ruinen sind noch in keinem Nachruf vorgekommen). Leichtfertigkeit, Draufgängertum, Entschlossenheit nehmen ab, Sorgen und Ängste zu. Wenn ich so weitermache, ende ich klein, feig und alt. Wenn ich heute etwas über Janis Joplin oder Jesus Christus schreibe, fühle ich schon etwas Oberlehrerhaftes in mir wuchern. Zu Provokationen habe ich leider Gottes keine Lust mehr. Ja, ich halte mitunter Reden und veröffentliche Schriften, aber die politisch Mächtigen fürchten mich nicht und trachten mir nicht nach dem Leben. Niemals habe ich Sonnenbrillen wie schwarze Löcher getragen, und meine Haare sind auch schon lang nicht mehr lang. Ich bin nicht heroinsüchtig und besitze nicht einmal eine Harley Davidson.
Die Sache ist nun die, Ottilie: Während der Sommersaison hält an den Samstagabenden auf der Veldener Hauptstraße mitten im Ort, etwa auf Höhe der Konditorei Politzky, ein Lastwagen vor der *American Showbar Monkey Circus*: Die Plane wird hochgezogen, und im Nu ist der Laderaum eine Musikbühne mit Boxen und Standmikrophonen und Spotlights und allem Drum und Dran. Unmittelbar dahinter staut sich der Verkehr auf der nun zu einer Spur verengten Straße und ist gar nicht mehr zu hören, wenn der Drummer oder der Saxophonist loslegen. Ganz vorne singt ein Mann mit

Cowboyhut in Blue Jeans *Mercedes Benz* nach. Oder er singt *Me and Bobby McGee.* Bobby McGee war also gewissermaßen der Halterbursch von Janis Joplin, doch Probleme wegen eines Standesunterschieds haben sie nicht gekannt. Oder der Cowboy singt *West Virginia* oder *Sweet Home Alabama* oder *Honkytonk Woman. I tua wohl* singt er leider nicht. Neben dem Cowboy tänzeln im Takt zwei Sexbomben, genau dem Klischee entsprechend mit langen, blonden Haaren, superlangen Beinen, Schuhen mit hohen Absätzen und einem superkurzen, superengen Minikleid mit Schlitz an der Seite. Der Gitarrist trägt ein aus der amerikanischen Flagge geschneidertes Sakko, eine aus der amerikanischen Flagge geschneiderte Krawatte und einen aus der amerikanischen Flagge fabrizierten Zylinderhut. Zwischen den Musiknummern tanzen vor dem Trucker die Cheerleaders in Turnschuhen und Faltenröcken und blasen rot-weiß-blaue Papierschnipsel in die Luft. Eine große, fröhliche Menschenmenge belagert den Platz zwischen der Lastwagenbühne und dem *Monkey Circus*: Urlauber, gemischt mit Leuten aus der Umgebung, die das Wochenende hochleben lassen: Menschen fast aller Altersklassen und Milieus, Schönlinge beiderlei Geschlechts und Markenmodefetischisten, die sehen und gesehen werden wollen, vor allem aber junge Burschen, die auf junge Mädchen, und junge Mädchen, die letztlich doch auch auf junge Burschen aus sind: Wenn es sich eben ergibt und der Richtige dabei ist. Viele Mädchen haben dein Gesicht, Ottilie, deine Augen, deine Haare, deine Hände, dein Alter. Nur deinen Namen haben sie nicht. So viele lässige Alte. Vielen Mädchen sieht man es an, dass sie noch zur Schule gehen, dass das hier die ersten Schminkversuche sind, mit denen sie sich außer Haus wagen. Man sieht förmlich ihre hinter den Lidschatten versteckte Unsicherheit, und man sieht ihnen förmlich an, dass sie mit ihren Eltern lange verhandeln mussten bezüglich dieses Ausgangs und der Erlaubnis, bis Mitternacht wegzubleiben. Man sieht ihnen förmlich an, dass ihre Eltern zu Hause wach bleiben und alle Augenblicke auf die Uhr schauen. Junge Leute können so unvernünftig sein, Ottilie! So ausgelassen! Man weiß ja nicht, auf welche Schnapsideen die Halbwüchsigen heute kommen! Nicht, dass sie sich zu Haschisch und Marihuana verführen lassen, zu Powerkraut und Cannabisjoints, zu Ecstasy und Alkopops und Komarausch! Nicht, dass vom völlig zugedröhnten Kind am nächsten Morgen bloß noch ein Ruderboot übrig bleibt, das verlassen in der Bucht schaukelt, oder ein zu Schrott gefahrenes Cabriolet am Straßenrand. Cool down, Alter! Jetzt nippen die Mädchen am Bacardi Cola, am Gin Tonic, am Campari Soda, am Martini rosso *on the rocks* und lassen zaghaft ihre Blicke schweifen. Vielleicht passiert ja noch was. Nur nicht zu viel. Nicht beim ersten Mal. Die Burschen abgebrühter, jedenfalls scheinbar, rauchen, trinken mexikanisches Eisbier aus der dunkelblau getönten Flasche, starren zur Bühne und bewegen den Kopf nicht einen Millimeter, wenn sie aus den Augenwinkeln den Mädchenmarkt inspizieren, ob nicht da oder dort vielleicht eine kleine Anbahnung möglich wäre und ein kleines Abenteuer herausspringen könnte.

Neben dem Frontcowboy noch eine kaffeebraune Sängerin mit einer Stimme, wie geschaffen dafür, Tina Turners *Simply The Best* zu imitieren – praktisch gleich gut und doch viel, viel billiger; im Unterschied zu ihm ist sie *echt, original*, vielleicht eine Kubanerin, vielleicht eine Brasilianerin, eine Frau aus der Karibik, aus Trinidad, aus der Dominikanischen Republik. *You only live once*, ruft die Kubanerin zwischen zwei Nummern mit erhobenem Zeigefinger ins Veldener Publikum, wobei der eine Finger für das eine Leben steht, *so you must not be ashamed to make noise!* Ich habe nicht den Eindruck, dass jetzt alle zerknirscht über dieses brutale Diktum *You only live once*, über diese vier Wörter von alttestamentarischer Wucht nachdenken; wie ich sie interpretiere, hat die Kubanerin ihren American way of vita brevis ohnehin epikuräisch gemeint. Jedenfalls hat ihre basisphilosophische Intervention zur Folge, dass bei *West Virginia* und *Mercedes Benz* alle ihre musikalischen Hemmungen verlieren und lautstark mitsingen. Quietschvergnügter Totenkult. Eine große Menschenmenge hier, eine große Menschenmenge am Seecorso, vor dem Casino, vor allen Lokalen. Eine große Menschenmenge, die sich von einem Ende Veldens zum anderen und wieder zurückschiebt, von der Karibik in den Schwarzwald und retour. Vor allem am Wochenende ist in Velden, wie es heißt, *die Hölle los*, und für die Insassen sind Hölle und Himmel Synonyme: *High life*. Jetzt hat die Wildwestbucht ihre manische Phase, noch dauert der Sommer lang; aber die Depression folgt auf dem Fuß. Noch länger als der Sommer wird der Herbst dauern, und noch länger als der Herbst der Winter. Dann ist niemand mehr da im ganzen Ort, alles schläft, einsam wacht die Büste von Gerd Höllerich. Den ganzen Winter lang ist das *Monkey Circus* verschlossen und verbarrikadiert. Auch dieses Bild kennt man aus Wildwestfilmen.

Oder soll ich bei meiner Ansprache in der kalten Silvesternacht am See lieber von der Idylle erzählen, Ottilie, wenn man an einem späten Septembernachmittag in der Pörtschacher Bucht auf der Terrasse des Strandcafés Werzer neben der Schiffsanlegestelle sitzt und eine Melange trinkt: Blauer Himmel, blaue Berge, blaues Wasser, nur die Sonne glänzt golden und schüttet Tausende glitzernde Sternchen in den See. Eine Ente schwimmt vorbei, drei Schwimmer wagen sich im Parkbad gegenüber noch ins Wasser, hoch über ihnen fliegen auf parallelen Bahnen mit mächtigen Flügelschlägen majestätisch zwei Schwäne. Wie Archiopterixe schauen sie aus, im Flug werden ihre weißen Hälse lang wie die von Giraffen. Der Dampfer *Kärnten* kommt hinter der Schlangeninsel hervor und legt beim Werzer an: Er ist vollbesetzt; das Publikum ein wenig älter und gesetzter als das im Hochsommer, nichts mehr für *Monkey Circus, Anna W.* und *Rainers Bar,* eher Kaffee-und-Kuchen-Gesichter wie mein eigenes. Menschen mit Cholesterinspiegeln. Alle Dinge sind wunderbar zu sehen, liest Roy Black bei Schopenhauer, aber schrecklich zu sein. Zum Heimaturlauber tauge ich noch, zum Kurgast, zum unbeteiligten Zuschauer, zum Durchatmen und zum Stoßseufzen. Aus dem Werzer-Tennisstadion ein paar Schritte weiter weht das Geräusch des Tennisballklopfens herüber, die Österreicher trainieren für den Daviscup am Wochenende. Ihr Non-playing-Captain trinkt zwei Tische weiter einen Kaffee. In einer Vollmondnacht im Juli haben sich Zigtausende in dieses Tennisstadion gedrängt, um bei der alljährlichen Schlagerparade dabei zu sein und vielen schon in die Jahre gekommenen Singhelden zuzuhören: Noch in der Teixlbucht am Südufer konnte man die sich am Nachthimmel kreuzenden Lichtbündel der Bühnenscheinwerfer sehen und Gloria Gaynours *I Will Survive* hören. Noch immer fragt Tony Christie nach dem Weg nach Amarillo. Sweet Mary still waits for him. All die Jahre hat sweet Mary nicht aufgehört, auf ihn zu warten, und muss mittlerweile genauso graue Haare haben wie der, der von ihr singt. Da fliegen so viele Melodien über den See, dass man sich hüten muss, keine zu treten.

Ganz Pörtschach trägt im September Kurzarmpolos. Noch hat hier niemand Lust, Sommerschluss zu machen, wo doch sein edelster Teil, der Altweibersommer, erst beginnt. *Golden Girls' Summer*. Die Blätter der jungen Rosskastanienbäume sind erst am Rand ein bisschen bunt und welk, im Inneren noch frisch und grün. Zwei Wochen Herrlichkeit haben wir sicher noch, vielleicht drei, vielleicht noch einen ganzen Monat. Die Melancholie kommt spätestens, wenn der Nebel aus dem Wasser steigt und die Uferhügel sterbensbunt werden. Das Wasser hat immerhin noch neunzehn Grad und das Strandbad schließt am 28. September. Nicht einen Tag früher! Eine braun gebrannte junge Dame betritt barfuß das Strandcafé, drei Burschen folgen ihr wie Bodyguards. Sie rauchen. Man sieht ihnen den Genuss an, den das verursacht. Diesen Genuss nimmt ihnen niemand wieder weg.

Tony Christie oder Gloria Gaynour kommen ins Pörtschacher Schlagermusikausgedinge, Altstars, uralte Sterne, die noch ein wenig leuchten, auch wenn sie möglicherweise gar nicht mehr existieren. Aber die ganz großen Stars kommen nicht zur Starnacht an den Wörthersee, und sie sind nie gekommen. Wirklich toll wäre es gewesen, denke ich mir, Ottilie, wenn ich beim beschrankten Bahnübergang gleich nach dem Hotel Seefels kurz vom Rad steigen und warten muss, bis der Zug vorbeidonnert, wären Mozart, Beethoven oder Verdi zu Lebzeiten nach Pörtschach gekommen, hätten hier in Pörtschach ihre Ferien verbracht und so nebenbei den Don Giovanni, Fidelio oder Nabucco komponiert. Dann könnten die Hoteliers rund um den See heute zwölf Monate im Jahr offen halten. Niemand müsste sich Sorgen um die Bettenauslastung machen, und es wäre von Oktober bis Mai nicht so schrecklich einsam und grau und braun und still um den See. Aber weder Mozart noch Beethoven noch Verdi sind ihr Lebtag lang auch nur ein einziges Mal in Pörtschach gewesen. Brahms ist nach Pörtschach gekommen, Ottilie, drei Sommer lang, von 1877 bis 1879, dreißig Jahre nach deinem Tod. Brahms? Naja, bitte, dann halt Brahms. Ein Brahmsabend ist besser als nichts. Wenn im Anschluss ein warmes Buffet serviert wird, geht vorher zur Not auch Brahms. Brahms ist ja nicht schlecht, das kann man nicht sagen. Nur eben wenig revolutionär Neues und keine schönen Opern. Und Sensationen und Katastrophen übrigens auch keine.

Bei einem solchen Brahmsabend im Pörtschacher Parkhotel bin ich im Publikum gesessen, und es war eine der ganz wenigen Kulturveranstaltungen in einem geschlossenen Raum, die ich nach meinem Infarkt zu besuchen gewagt habe. Denn genau seit dem Tag, an dem ich nicht mehr rauchen darf und mein tägliches Medikamentenmenü schlucken muss, plagen mich gewaltige Flatulenzen. Sie stinken, schmerzen, zerreißen mir den Darm und kommen jeden Nachmittag in im-

mer größerer Intensität und Dichte und schließlich beinahe ununterbrochen, was immer ich auch gegessen haben mag. Das geht jeden Tag so bis zum späten Abend, und alle Augenblicke schmerzt die Brust, als würde sie gleich platzen. Es ist schwer, mit solch unkontrollierbaren Pressluftbohrerflatulenzen die Würde einer tragischen Person zu behaupten. Am liebsten sperrt man sich vom frühen Nachmittag weg ins Klo. Quarantäne! Isolation! Ich versinke immer tiefer in meiner Nichtlebewelt.
Der Arzt sagt, er kann sich nicht vorstellen, dass meine Gasbauchschmerzen von den Medikamenten kommen, auch wenn ich diese Gasbauchschmerzen genauso lang habe, wie ich die Medikamente nehme. Und der Referent des Pharmakonzerns, der ihn, den Arzt, einmal im Jahr zu einem schönen Segelurlaub an der Dalmatinischen Küste einlädt, kann sich das auch nicht vorstellen. Sind wir doch froh, dass es die Medikamente gibt, sagt der Arzt. Vielleicht würden Sie ohne die Medikamente schon längst nicht mehr leben. Das Leben als Risikopatient ist nun einmal kein Spaß. Ich bemühe mich redlich, froh zu sein, bin aber nicht froh, weil ich Schmerzen habe und mich nicht ausstehe. Und übrigens bräuchte ich ganz dringend eine John Player Special: Ja, auch jetzt noch. Nein, es ist nichts besser geworden, und es wird nichts besser. Ich bin unverändert nichtrauchunglücklich, und nach wie vor weigere ich mich, Glücklichkeitspsychopharmaka zu schlucken. Der Arzt zuckt mit den Schultern, rät mir zu einer Diät und kassiert sein Honorar. Die Flatulenzen bleiben. Die Schmerzen bleiben. Ein anderer Arzt zuckt mit den Schultern, rät mir zu einer anderen Diät und zum Dinner Cancelling und

kassiert sein Honorar. Die Flatulenzen bleiben. Die Schmerzen bleiben.
Ich sollte am besten alles kommentarlos schlucken, mein Leben auch mental von Grund auf ändern und ein Schön-ist-es-auf-der-Welt-zu-sein werden. Aber seit ich nicht mehr rauche, verdaue ich auch nicht mehr, und umso öfter ich schwitzend die vierzig Kilometer um den See radle, desto dicker und depressiver werde ich! Und die Flatulenzen bleiben. Wieder Schulterzucken, wieder ein anderer Arzt, wieder eine andere Diät, wieder eine Honorarnote, immer so weiter. Ich sollte den weißen Ärschen bei jedem einzelnen Besuch und bei jedem einzelnen Beratungsgespräch ganz einfach die Ordination zufurzen — aber die Doktoren ordinieren in ihrer Hinterlist ja nur vormittags, wenn die Chemie noch nicht im Unterleib eingetroffen ist. Retten kann mich und meine Seele, wie ich überzeugt bin, nur das, was mir nach Ansicht der Ärzte den Tod bringt: das Absetzen der Medikamente – und die Zigarette.
Dass ich in einem fort mit meinem Rad um den Wörthersee und um dich fahre, Ottilie, hat auch mit meinen gewaltigen Flatulenzen zu tun. Denn an der frischen Luft, mitmenschenlos und in ständiger Bewegung, ständigem Ortswechsel unter freiem Himmel stören sie wenigstens die anderen weniger als anderswo. Zugegeben, liebe Ottilie, auch mit diesem Dilemma hat es zu tun, dass ich meine Geschichte ausgerechnet dir erzähle, dass ich mich im Grund mit keinem Menschen mehr unterhalte außer mit dir. Entschuldige, Ottilie, so peinlich wie die ganze Geschichte, so peinlich ist es mir, das zu sagen: Aber dir können ja auch die fürchterlichsten Flatulenzen nichts mehr anhaben.

Ich kann mich noch sehr gut an dieses Brahmskonzert im Pörtschacher Parkhotel und vor allem an das Allegro appassionato – den 2. Satz aus der Sonate für Klavier und Klarinette in Es-Dur, op. 120 Nr. 2 erinnern, Ottilie, weil ich während des ganzen 2. Satzes aus der Sonate für Klavier und Klarinette in Es-Dur heftige Afterschmerzen hatte und das Allegro appassionato gleich zweimal auf Zehenspitzen verlassen musste, um mich auf die Toilette im Foyer des Parkhotels zum Blutscheißen zurückzuziehen. Die heftigen Schmerzen waren wohl Folge der Rektoskopie am Nachmittag, bei der mir der Chirurg mit den Fingern in den After gefahren war, um mir Hämorrhoiden abzubinden, sodass ich jetzt einen blutigen Knoten aus körpereigenem Stoff im Hinterteil hatte, nachdem ich schon die maschinelle Darmreinigung und die Coloskopie bis ins Coecum mit Abtragung eines hyperplastischen Polypen über mich ergehen lassen habe, alles ohne den geringsten Erfolg.
Monate später haben die Ärzte der Nuklearmedizinischen Abteilung einen Test gemacht und eine Lactoseintoleranz festgestellt. Die Diätassistentin empfahl mir den Verzicht auf Milchprodukte und Vorsicht bei Obst und Gemüse. Im Grund durfte ich gar nichts mehr essen, nur noch die Medikamente. Als ich dem Arzt die Beipackzettel aller Medikamente, die ich einnehmen musste, unter die Nase hielt und ihm zeigte, dass alle Medikamente Lactose beinhalten, schien er ganz erstaunt und doch auch ein wenig enttäuscht zu sein. Er seufzte unmerklich, stöberte lange in den Tiefen seines Computers und verschrieb mir neue Medikamente ohne Lactose. Beim nächsten Bluttest zeigte sich, dass die neuen Medikamente nicht wirken, wie sie sollen, sondern, anstatt den

Triglyceridwert zu senken, die Leber schädigen. Die Honorarabrechnung für die Arztbesuche kommt wie üblich quartalsmäßig. Hämorrhoiden habe ich jetzt womöglich keine mehr. Die Flatulenzen, die Gasbauchschmerzen, die Afterentzündungen, die Verzweiflung, die Hoffnungslosigkeit und das Unglück sind geblieben.

Ich bin das berühmte Rätsel, vor dem die Ärzte stehen. Aber sie stehen ganz bequem. Oder ich bin gar kein Rätsel, sondern einfach die Patience, die nicht aufgeht.

Die Wahrheit ist: Nichtrauchen macht depressiv! Nichtrauchen macht dick! Nichtrauchen ruiniert die Verdauung. Nichtrauchen zerstört die Kreativität. Nichtrauchen zerstört den Darm. Die Wahrheit ist: Ich werde an den Folgen des Nichtrauchens sterben, wie ich an den Folgen des Rauchens gestorben wäre. Wenn ich wieder zu rauchen anfange und dann umfalle, haben es die Ärzte immer schon gewusst und eindringlich davor gewarnt. Nikotin macht die Arterienwände brüchig, winzig kleine Risse in den Wänden treten auf. Darauf lagert sich Plaque ab, Schrott. Unter dem Schrott sammelt sich Fett, Cholesterin. Das Plaque stellt sich quer in die Blutbahn, dazu das dicke Blut: Die Bahn wird verstopft – und bumm. Falle ich um, ohne vorher wieder geraucht zu haben, war es eben psychisch und ich ein „Einzelfall". Oder es war mein Übergewicht, das ich aber erst habe, seit ich nicht mehr rauche. Oder es war der Herzinfarkt meines Vaters oder das Herzleiden meiner Großmutter. Die Ärzte sind argumentativ für jede Eventualität gerüstet, und sie wissen auf alle Fälle immer alles. Aber sie wissen nichts. Gegen sein Blut kommt man nicht an.

Auch beim erlesenen Buffet im Anschluss an das Brahmssche Allegro appasionato hatten die Schmerzen im entzündeten After noch nicht nachgelassen und zwischen Lachs auf Toast, Roastbeef, Shrimps, Wildpastete, Kaviar, Auberginenpüree und frisch eingeflogenen Datteln gefüllt mit Moccamousse musste ich immer wieder auf die Toilette zum Blutklumpenscheißen. All die erlesenen Konzertgäste, die mir dabei über den Weg liefen, schüttelten mir die Hand und tauschten Höflichkeiten aus: Der Wirtschaftstreuhänder-Kammerpräsident, der Landesgerichtspräsident, der Verwaltungssenatspräsident, Staranwälte, Starärzte, Starunternehmer: Alle erkundigten sich mit dem Cocktail in der Hand, manche mit duftenden Zigaretten im Mund auch freundlich nach meinem werten Befinden. Stilgefühl und Takt verboten es mir aber, ihnen wahrheitsgemäß zu sagen, dass ich gerade entweder vom Blutscheißen komme oder zum Blutscheißen gehe. Die hochgestimmten Herrschaften hätten wohl schon allein das Wort nicht goutiert, wie auch ich selbst dieses Wort nicht goutiere und auch nicht leichtfertig verwende, aber es gibt kein anderes, um den Vorgang zu bezeichnen. Ich habe getan, als ob nichts wäre, ich habe freundlich lächelnd die Zähne zusammengebissen, ich habe freundlich lächelnd die Arschbacken zusammengepresst. Natürlich hat mich niemand gezwungen, ins Parkhotel zu kommen. Natürlich hätte ich mich entschuldigen und zu Hause bleiben können: Nur gilt das im Großen und Ganzen immer und überall und für mein ganzes Leben, und ich habe es satt, mich meine restliche Existenz lang für mein Nichtlebeleben zu entschuldigen, wenn ich nicht schuld bin.

Auch mit dem Gesellschaftsreporter der Zeitung, der mich schließlich in Beschlag genommen hatte, habe ich mich nicht über das aktuelle Blutscheißen und auch nicht generell über die infernalischen Flatulenzen unterhalten, sondern über Brahms, dass Brahms ja nicht schlecht war, nur eben weder in Pörtschach noch sonst wo revolutionär Neues geleistet hat. Und eben keine schönen Opern. Wirklich begeistert sind wir von Brahms ehrlich gestanden nicht. Wer ist von Brahms schon wirklich begeistert, außer vielleicht der Präsident der Brahmsgesellschaft, der muss ja. Wagner ist nicht wirklich begeistert von Brahms gewesen. Mahler ist am gegenüber liegenden Ufer nicht wirklich begeistert von Brahms gewesen. Furtwängler ist nicht wirklich begeistert von Brahms gewesen. Selbst Brahms ist nicht wirklich begeistert von Brahms gewesen. „Der Wörthersee ist ein jungfräulicher Boden", hat Brahms geschrieben, „da fliegen die Melodien, dass man sich hüten muss, keine zu treten". Schön, das kann man verwenden. Für die Starnacht. Besser als nichts. Dann halt Brahms, der norddeutsche Langweiler. Einen Musikwettbewerb kann man auch mit dem Namen Brahms veranstalten. Ein paar Betten kann man gerade in der Nachsaison zum Glück auch mit Brahms füllen. Mit Fräulein Antonia Christel, der Postmeisterin, dürfte letztlich auch nichts gewesen sein. Ein paar Mal haben sie miteinander gespeist, Fliege am Kragen und Schillerlocke am Ohr, dann hat sie Rapatz geheißen. Pech. Tja Brahms, knapp vorbei ist auch daneben. Am Stammtisch des Werzerschen Wirtsgartens erledigte Brahms am Nachmittag seine geschäftlichen Angelegenheiten und ruhte am Abend unter den Erlen aus, wo man ihm kärntnerische Volkslieder vorsang. Ob deines dabei war, Ottilie, weiß heute niemand mehr. „Pörtschach am See heißt unser

Ort, die Eisenbahnstation heißt Maria Wörth. Hier ist es allerliebst, See, Wald, darüber blauer Bergebogen, schimmerndes Weiß im reinen Schnee. Krebse gibt es massenhaft, das Wirtshaus heißt Werzer..." Gut, nehmen wir, nur die Krebse streichen wir natürlich. Krebse, Unsinn.

Eine Katastrophe wäre es gewesen, wäre nicht einmal Brahms nach Pörtschach gekommen, wäre Brahms statt nach Pörtschach nach Frantschach, Tržič oder Jesenice gekommen. Brahms! Man muss nehmen, wer oder was kommt. Das Problem an den Brahmsschen Pörtschachaufenthalten war und ist: nichts los! Seinen stärksten Auftritt in allen drei Jahren zusammen hatte Brahms, als er dem jungen ukrainischen Musiker Iwan Knorr, der ihn in Pörtschach besuchte, zur Begrüßung eine Zigarre in den Mund steckte und befahl: „Rauchen!" Zu wenig für Verfilmung und Theaterstück und Fernsehserie. Immer gab Brahms bloß den frühmorgendlichen Seebenützer und einsamen Spaziergänger. Nicht einmal ein Tennisturnier auf den Werzerplätzen hat er gewonnen. Keine Amouren, keine Affairen, kein Ehekrieg, keine Menage à trois, keine femme fatale, keine Familientragödie, keine Exzesse, keine Ekstasen, kein dramatischer Nervenzusammenbruch, keine Depression, keine Verzweiflung, kein Abenteuer, kein Unfall, keine Krankheit, keine Diarrhoe, kein Meteorismus, keine Hyperlipidämie, keine Flatulenzen, kein Infarkt. Nichts. Nicht einmal gestorben ist Brahms in Pörtschach.

7

Wenn ich auch nicht immer den ganzen See umrunde, so vergeht in meinem Nichtlebeleben doch kaum ein Tag im Jahr, an dem ich mit dem Rad nicht wenigstens bis zum Feuerwehrhäuschen von Pritschitz oder bis zur Kastanie beim Kapellari oder zur verschlossenen Einfahrt zur Bucht von Walterskirchen, bis zum Kleinen See, bis zum Bootssteg im Koschatpark, bis zum Krumpendorfer Kurpark, zur Schiffsanlegestelle oder zur Friedelpromenade unterhalb der Schrottenburg deiner Schwester fahre, in meinem Wörtherseebüro Platz nehme und schaue oder lese. Auguste und Julius hatten einen guten Platz, wenn auch nur kurz. Auguste war auch bloß dreiunddreißig Jahre auf der Welt, bevor sie an einer Bauchfellentzündung gestorben ist, Ottilie, stell dir vor! Die Schrottenburg ist heute verfallen, verbarrikadiert und zugemauert. Die Clochards und Obdachlosen der Stadt hausen seit vielen Jahren hier, die Hoffnungslosesten der Hoffnungslosen. Die schönste Sicht auf den See sagt ihnen ebenso wenig wie die große Vergangenheit. Wenn es abends kühl wird, machen sie ein Feuerchen. Das halbe Dach ist beim letzten Brand eingestürzt, und eines Tages werden sie selbst und das Domizil Julius Rainers in den Flammen untergehen. Aber hier unten an der Promenade ist noch immer ein Meer von Licht, wenn alle anderen Ufer des Sees längst im Schatten liegen und schwarz geworden sind; hier versinkt die Sonne über dem See zuletzt. Hier erstreckt sich am gegenüberliegenden Südufer eine exakte, gerade Linie zwischen Land und Wasser, als sei etwas Geometrisches in die ungeometrische Natur hineingezaubert.

Hier kann man sich auch im Winter, auch an frostigen Tagen, solang es nur windstill ist, ein Viertelstündchen niederlassen und ausruhen, nachdenken, schauen. Der See wird nicht nur kalt und rau im Winter. Er wird auch größer, seine Ufer verschwinden. Er wird zur See.
Es waren herrliche, schöpferische Zigaretten, die ich hier geraucht habe. Mein Büro ist die mittlere der drei Parkbänke in der zweitwestlichsten Laube an diesem kurzen freien Stück Schotterpromenade zwischen Klagenfurt und Krumpendorf, das direkt am Wasser verläuft und nicht von Strandhäusern, Villen, Privatgrundstücken, die acht Monate im Jahr leer stehen, verstellt und versperrt und verbarrikadiert ist. Vor mir Jogger, Radfahrer, Spaziergänger, Inlineskater, Mütter mit Kinderwägen, Ehepaare und solche auf dem Weg dorthin; hinter mir der Bahndamm und die Eisenbahn, die alle paar Minuten vorbeidonnert. Den verfallenen Schrottenturm habe ich genau im Rücken.
Welten sind hier entstanden, Ottilie, Sizilien, Portugal, Spanien: Alles hier auf der Parkbank mit einer John Player Special im Mund, den Karawanken im Auge und dem Wasser zu Füßen. Insgeheim erhoffe ich mir schon, dass die Stadtverwaltung an dieser Laube eines Tages eine Messingtafel mit der Aufschrift *Egyds Büro* anbringt – eine solche Investition müsste selbst angesichts der traditionell leeren Stadtkassen möglich sein. Denn gegenwärtig passiert es mir oft, dass, wenn ich komme, ganz ungeniert wildfremde Menschen in meinem Büro sitzen, sodass ich weder Platz noch Ruhe habe. So kann man nicht arbeiten, selbst wenn ich arbeiten könnte. Eine Parkbank werde ich meiner Geburtsstadt wohl wert sein. Eine zweistöckige Villa mit Terras-

se, Loggia und Balkon, wie sich Gustav Mahler am kalten, schattigen, dunklen und steil abfallenden Südufer zur vorletzten Jahrhundertwende eine hat erbauen lassen, werde ich mir wohl nie leisten können. Aber hätte ich einen Operngucker bei mir im Büro, liebe Ottilie, ich könnte von hier aus problemlos durch die Schlafzimmerfenster des Operndirektors schauen. Der Hofoperntheaterdirektor, Kapellmeister und Symphoniekomponist Gustav Mahler hat in dieser Villa direkt am Wasser gemeinsam mit seiner Familie die Sommer zwischen 1901 und 1907 verbracht. Im Wald oberhalb der Villa hatte Mahler noch eine vom Ufer aus nicht sichtbare, versteckte kleine Hütte, sein *Komponierhäusl,* sein *study on the kogel*: Ein einziges, ununterkellertes, aufgemauertes Zimmer mit drei Fenstern, einer Tür und Schrägdach, außerdem ein weiteres, noch kleineres Häusl ein paar Meter weiter unten im Wald als Abort. Auch Mahler machte sich Gedanken über ein postumes Messinggedenktäfelchen und hoffte, dass man es nicht am falschen Häusl anbringen wird. Wenigstens *die* Sorge war unbegründet. Hier herauf kletterte er jeden Tag frühmorgens durch das unwegsame Gelände, um in größter Stille und Einsamkeit zu komponieren. Der Sommer war schließlich die einzige Zeit im Jahr, wo Mahler, von den übrigen beruflichen Verpflichtungen befreit, Gelegenheit zu seiner eigentlichen schöpferischen Arbeit hatte.
Nur einmal, 1904, reiste Gustav Mahler alleine an den Wörthersee voraus und ließ seine Frau Alma in Wien zurück, die eben erst Mahlers zweite Tochter Anna, genannt das Guckerl, geboren hatte und von dieser Geburt noch mitgenommen war. An fast jedem schö-

nen Tag sitze ich also in meinem Büro am Friedelstrand, Ottilie, und seit in mir alles zum Stillstand gekommen ist und ich schreibtot bin, schaue ich, meinen Ast im Mund, mit dem einen Auge auf die Mahlervilla hin und lese mit dem anderen in den Briefen, die Gustav Mahler in dieser Villa vor hundert Jahren an Alma nach Wien geschrieben hat, angefangen mit dem in Klagenfurt am 22. Juni 1904 aufgegebenen Telegramm: „glueckliche ankunft tausend gruesse gustav". Mahler hatte zunächst die Köchin Elise von Klagenfurt voraus nach Maiernigg geschickt, im Café Schieder gefrühstückt, sich die Haare schneiden lassen und war dann per pedes den drei Kilometer langen Weg den Lendkanal entlang von Klagenfurt nach Loretto gegangen, den auch ich gegangen bin, um meine Silvesteransprache zu halten. Dort erwartete ihn der Hausmeister Anton, um ihn mit dem Kahn überzusetzen. Ich überblicke von meinem Freiluftbüro aus die ganze Ruderstrecke und muss dazu nicht einmal den Kopf bewegen. Während der Kahnfahrt unterrichtete Anton Mahler über alle Unglücksfälle, die sich im Laufe eines Jahres in Kärnten zugetragen hatten, wie ich hundert Jahre später vom Ruderboot aus in meiner Silvesteransprache die Leute am Ufer ebenfalls über alle Unglücksfälle im abgelaufenen Jahr in Kärnten unterrichten hätte können, wenn das nicht viel zu lange gedauert hätte.

Ob Mahler von dir wusste, weiß ich nicht, Ottilie. Aber wäre Gustav Mahler statt am 22. am 21. Juni 1904 in Klagenfurt eingetroffen und ins Café Schieder gegangen, und hätte er die Ausgabe der „Klagenfurter Zeitung" vom 21. Juni 1904 vom Zeitungsständer genommen, dann hätte er darin einen Aufsatz von Thomas

Koschat lesen können, in dem es heißt, dass „Ende des Jahres 1847 wie ein glitzerndes Sternlein in Klagenfurt plötzlich eine Melodie aufgeflimmert ist, die allgemeine Aufmerksamkeit erweckte. Ende September desselben Jahres fand Ottilie von Herbert – ein schwärmerisch veranlagtes Wesen, Heine war ihr Lieblingsdichter – in den Fluten des Wörthersees den gewünschten Tod. In ihrem Salon fand man am Klavierpult eine Melodie für eine Singstimme, der ein schwermütiger Text und einige Bassnoten unterlegt waren. Das Lied begann mit den Worten: ‚I tua wohl, als wann mir nix war'. Es stand im Zeichen der Moll-Tonart, einer für Kärntner Lieder, die stets in Dur gesungen werden, ganz eigenartigen Erscheinung. Von diesem Liede wurden Abschriften gemacht und die auf dem Manuskript nicht ausgeschriebenen Noten verschiedentlich, jedoch mit peinlich genauer Berücksichtigung der Melodie eingefügt. Singen konnten es nur musikalisch Gebildete. Aber sprechen hörte man vom ‚Moll-Lied' überall, selbst in den Bauernwirtshäusern auf dem Lande." Einen einzigen Tag früher hätte Mahler kommen müssen, Ottilie, einen einzigen Tag, und er hätte zu seiner Melange alles schwarz auf weiß vor sich gehabt! Solche Zufälle entscheiden im Leben über Sein und Nichtsein!

Aus Mahlers Sicht lag dein Unglück freilich schon lange zurück, mehr als ein halbes Jahrhundert. Er hätte dir womöglich nur schwer erklären können, was ein Telegramm ist, wie ich ihm nur schwer erklären könnte, was ein SMS ist. Und doch sind wir nicht unverwandt, Ottilie, wenigstens in den Schicksalsschlägen: die Unglücklichen vom Wörthersee. Die Analogien zum eigenen Leben, die sich aus solchen Mitteilungen stets ergeben, liebe Ottilie, denke ich in meinem Büro das Buch mit den Mahlerbriefen in der Hand, sind immer der hohe Reiz einer solchen Lektüre. Man ist einerseits imstande, mit verständnisvoller Teilnahme den Ausführungen zu folgen, andererseits genießt man die wundervolle Genugtuung, in diesen hohen Regionen schicksalsverwandte Leidensgenossen zu finden.

Hier sitze ich, schaue zum anderen Ufer hinüber und lese, dass Gustav Mahler am 23. Juni vor hundert Jahren sein erstes Frühstück im Häuschen eingenommen hat. „Aber es ist sonderbar; das Klima scheint mich jedes Mal tief herabzustimmen. Sowie ich in Maiernigg ankomme, hört alle Lebensenergie und Frische bei mir auf, und es dauert regelmäßig zwei bis drei Wochen, bevor ich mich einigermaßen aufrichte." Mahler schreibt, als wäre er ein Opfer des Salmonellenskandals geworden, der genau hundert Jahre später im Strandbad von Klagenfurt passieren wird. „Du kennst das ja von den beiden vorigen Sommern her! Dießmal (sic) geht es mir genauso, nur, dass Du mir noch dazu fehlst, und ich den ganzen Tag so allein herumschleichen muß. So sordiniert (sic) war ich schon lange nicht. Vorderhand ist nur mein einziger Trost, daß das Klima für die Kleinen famos ist und so wenigstens denen zugute kommt. Aber das möchte ich schon, diese Villa an den Mann bringen." Wenn das der Geschäftsführer der Kärntenwerbung liest! Dabei hat Mahler seine Villa doch erst vor vier Jahren bauen lassen! Aber man muss ja nicht jede Laune eines großen Mannes gleich an die große Glocke hängen. Auch wenn man ein Komponierhäusl hat, kommt das Komponieren nicht immer auf Bestellung. (Ich hab ja auch ein Büro am See und kann nicht mehr dichten.) Bei Gustav Mahler dürfte das Komponieren nach der Ankunft in Maiernigg diesmal ein wenig ins Stocken geraten sein, und so plante er zunächst einen Spielplatz für seine Kinder: „Der Platz, den wir aus dem Gedächtniß (sic) gewählt haben, ist ja viel zu klein, da könnte sich die Putzi [Mahlers ältere, zweijährige Tochter Maria] ja kaum umdrehen. Dagegen wäre unten ein Platz, wie geschaffen dazu. Ich laße (sic) ihn vollständig eingittern und feinen Sand aufstreuen. Da haben die Kinder für Jahre hinaus ein Platzl, wo sie sich ein wenig unter Aufsicht tummeln können. Ich laße das machen, wenn du einverstanden bist. Es ist der Platz, wo die Bank, der Tisch und die beiden Sesseln (alles aus Holz) stehen. Schlangen können oben ebenso gut hin wie hier unten; und ohne Aufsicht dürfen die Kinder ja ohnehin nie sein. Abgesehen davon, daß alle Wasserschlangen nicht giftig sind, und giftige Thiere (sic) nur an besonders heißen und trockenen Stellen vorkommen. Frage jeden Arzt. Also, schreibe mir nun deine Meinung. Der Platz vor dem Haus, den wir anfänglich gemeint ist jedenfalls seiner Kleinheit wegen unmöglich. Für alle Fälle aber laße ich die besonders abschüssigen Stellen vor dem Hause auch einzäunen. Jetzt hat es eben zu hageln und wettern aufgehört, und ich will schauen, daß dieser Brief noch heute abgeht. Tausend Grüße und Küsse von Deinem Gustav."

Indiskret ist es zweifellos, in fremden Briefen zu schmökern, vor allem, wenn sie an „mein liebstes Almschili" gerichtet sind, aber eben erhellend, und die Lektüre lässt in unmittelbarer Weise Zeiten aufleben, in denen man selbst nie gelebt hat, Menschen auferstehen, denen man nie begegnet ist, die lange, bevor man auf die Welt gekommen ist, aus der Welt geschieden sind. Und die doch eine Zeit lang genauso wirklich gewesen sind, wie man selber eine Zeit lang wirklich ist. Ewig schade wäre es gewesen, hätten Gustav und Alma all das telephonisch besprochen oder per E-mail abgehandelt. Auch die Alltagsgeschichte meines Lebens mitsamt den werkgeschichtlichen Hintergründen und privaten Komödien und Katastrophen ist, wenn auch ohne großen stilistischen Aufwand, in E-mails aufgehoben, jedenfalls von dem Zeitpunkt an, als mein PC zum letzten Mal neu installiert worden ist. Doch beim nächsten Absturz, beim nächsten Virus ist auch das seitdem Gespeicherte unwiederbringlich verloren!

Wie gut kann ich mich in den immer besorgten, manchmal vielleicht übervorsichtigen oder gar panischen Vater Mahler hineindenken! Ich selbst ertrage es ja schon nicht, meine Kinder allein in der Nähe eines Fensters oder eines Balkons zu sehen! Ich sehe es nicht ohne Sorge, dass sich meine Größere beim Ruderverein Albatros eingeschrieben hat, wie du dir denken kannst, Ottilie, auch wenn mir meine Tochter versichert, die modernen Boote seien so konstruiert, dass man damit praktisch gar nicht untergehen kann. Und es ist noch keine vierzehn Tage her, dass ich eigenhändig die Plastiksäcke mit frischem Sand für meine kleinere Tochter vom Baumarkt zur Sandkiste geschleppt und hineingeschüttet habe, damit sie für ihre Puppen Kuchen backen kann! Damit sie nicht ewig fernsieht. Und wie leicht kommen mir, der ich mit zunehmendem Alter leider immer mehr zur Rührseligkeit neige, die Tränen, wenn ich an das schnelle, schlimme Ende der Geschichte denke. Denn ich weiß ja und kann es nicht ändern, dass die kleine Putzi in nur drei Jahren, ihr treusorgender Papa in knapp sieben Jahren tot und gemeinsam am Friedhof Grinzing begraben sein werden. Vater und Tochter haben gemeinsam nicht einmal eine Lebenszeit gelebt! Aber wem erzähle ich das, Ottilie!

Ich sitze hier und lese in Mahlers Brief vom 24. Juni, dass der erste Tag also vorüber wäre. „Einfach schrecklich! Der dumpfe Malgeruch im Schlafzimmer, hierauf nothdürftiges Zusammensuchen der verstreuten Stücke meines inneren Ich, Besprechungen mit Theuer, dann gebadet, mittagmalt. Den ganzen Tag im Briefwechsel Wagner-Wesendonk gelesen und mich wahrhaft erbaut an diesem Einblick in ein wichtiges – vielleicht das wichtigste Stück Leben dieses einzigen und theueren großen Mannes. Nun wollte ich in Wald und Feld. Aber da brach ein Gewitter mit Hagel los, das bis in die Nacht hinein gedauert und alle Vorsätze zunichte gemacht hat.

Nun wurde abwechselnd Clavier gespielt – Brahms Kammermusik – leider doch manchmal recht sterile Musikmacherei, und wenn ich nicht plötzlich auf ein reizendes Sextett in B-Dur gestoßen wäre, wäre ich an Brahms verzweifelt, wie an mir in diesen Tagen – dann wieder Wagner-Briefwechsel, der in dieser Nachbarschaft noch dämonischer über alles Irdische hinauswuchs – zuweilen Tolstoi-Beichte; furchtbar trist und selbstzerfleischend. Manchmal versucht, im Regen und Schauer ein paar Schritte hinaus – bei Maiernigg Café getrunken, aber wegen pfützenartiger Färbung stehen gelassen. Spiesser rechts und links, strickende alte unappetitliche Frauenzimmer und käsefressende Kahlköpfe vertrieben mich bald. So vergieng (sic) endlich der Tag, ich schmiß mich ins Bett (der Leim stank) und ich schlief

bis ½ 9 Uhr. Heute war mir etwas besser zu Muth, und besonders Deine Karte, lieb Almscherl, und die lieben Zeilen der Mama brachten etwas Frische in mein eintöniges Dasein. Jetzt bin ich zu Fuß auf dem bekannten Bummelwege nach Klagenfurt gegangen und sitze hier im Café Kaiser von Österreich – da das Café Schieber wegen Damenbedienung unausstehlich geworden ist – trinke Café und Chokolade und schreibe Dir diese Zeilen. Ich mache einige Besorgungen und gehe dann nach Loretto, wo mich Anton wieder mit dem Kahn abholt. Halte Dich oben, mein Almschi, ich zähle die Tage, bis ihr herkommt. Fragt die Putzi mal nach mir? Tausend Grüße und Küsse an Euch alle von Eurem Gustl."
Bist du jemals im *Kaiser von Österreich* gesessen, Ottilie? Ich nicht. Hundert Jahre später gibt es in Klagenfurt weder das Café Schieber in der Bahnhofstraße noch das Café Kaiser von Österreich am Heuplatz, wie es ja auch keinen Kaiser von Österreich mehr gibt – nur das prächtige Gebäude selbst steht noch: Es beherbergt heute eine Versicherung. Auf die Idee, ein Café *Kanzler von Österreich* zu nennen, ist niemand gekommen. Überhaupt sind nach und nach die wunderbaren Kaffeehauskathedralen, wie man sie von Wien kennt, samt und sonders aus Klagenfurt verschwunden. Nur den Bummelweg entlang dem Lendkanal gibt es noch, und die Strecke von der Mahlervilla bis hinein zum Heuplatz zu Fuß zu marschieren, spricht für die Kondition des Kapellmeisters: Das muss ihm erst einmal einer nachmachen. Gustav Mahler, der erste Ironman am Wörthersee! Dagegen ist Damenbedienung im Kaffeehaus heute eine Selbstverständlichkeit, und nur ein Spießer oder ein Narr könnte etwas dagegen haben, wenn ihm im *Sand-*

wirth die schöne Stefania den Capuccino serviert. Deine Zwillingsschwester könnte sie sein, Ottilie! Wenn sie nur nicht immer so bitterböse dreinschauen würde! Ich bin jetzt etwa im Alter Gustav Mahlers, als er diese Briefe geschrieben hat, und zeitlebens habe ich im Wörthersee nicht eine einzige Wasserschlange gesehen – weder eine giftige, noch eine ungiftige. Vielleicht findet man sie im Reptilienzoo bei Minimundus, aber dorthin gehe ich nicht. Und ein solches Sauwetter wie 1904 hat es am Wörthersee in den nächsten hundert Jahren wohl auch nicht mehr gegeben.

Am 25. Juni 1904 bittet Mahler seine Schwiegermama, ihm doch täglich zu schreiben, und sei es auch bloß eine Korrespondenzkarte mit lakonischem Bulletin. Er schläft in Maiernigg täglich zehn bis elf Stunden wie ein Mehlsack und versteht das nicht, da er doch eigentlich gar nicht übermüdet ist. Es muss, mutmaßt Mahler, entschieden die Luft in Verbindung mit stinkendem Malerleim sein. „Es ist gräulich! Jetzt, wo ich so allein herumstrabantze (sic), schaue ich mir die Bevölkerung ein bischen (sic) besser an. So entsetzlich stupid und hoffnungslos ist gewiß in ganz Europa kein Menschenschlag. Trostlos! Herzlichst Euer Gustav."

Wie ich so seine Briefe studierend dasitze und über den See in die Mahlervilla hineinschaue, stelle ich mir vor, dass, während ich das tue, Mahlers 6. Symphonie über dem Wörthersee erschallt, die er im Jahr 1904 hier im Komponierhäusl vollendet hat. 1. Allegro energico, ma non troppo 2. Scherzo 3. Andante moderato 4. Finale. Allegro moderato – Allegro energico. „Der Sommer war schön, konfliktlos, glücklich", schreibt Alma in ihren Erinnerungen. „Am Ende der Ferien spielte mir Mahler die nun vollendete Sechste Symphonie vor. Ich musste mich im Hause von allem frei machen, viel Zeit für ihn haben. Wir gingen wieder Arm in Arm in sein Waldhäuschen hinauf, wo wir mitten im Walde ohne Störung waren. All dies geschah immer mit einer großen Feierlichkeit. Im dritten Satz schildert Mahler das arhythmische Spielen der beiden kleinen Kinder, die torkelnd durch den Sand laufen. Schauerlich – diese Kinderstimmen werden immer tragischer, und zum Schluß wimmert ein verlöschendes Stimmchen. Im letzten Satz beschreibt er sich und seinen Untergang oder, wie er später sagte, den seines Helden. Der Held, der drei Schicksalsschläge bekommt, von denen ihn der dritte fällt, wie einen Baum! Dies Mahlers Worte. Kein Werk ist ihm so unmittelbar aus dem Herzen geflossen wie dieses. Wir weinten damals beide. So tief fühlten wir diese Musik und was sie vorahnend verriet. Die Sechste ist Mahlers allerpersönlichstes Werk und ein prophetisches obendrein. Er hat sowohl mit den Kindertotenliedern wie auch mit der Sechsten sein Leben anticipando musiziert! Auch er bekam drei Schicksalsschläge, und der dritte fällte ihn. Damals aber war er heiter, seines großen Werkes bewußt, und seine Zweige grünten und blühten."

So bestieg ich mein Rad, liebe Ottilie, und fuhr des großen Werkes wegen ans andere Ende der Stadt zum *Mediamarkt* und stöberte in der gigantischen CD-Abteilung in der auch nicht kleinen Unterabteilung *Klassik*. Vom Mainigger Gustav Mahler war da aber nicht ein Stück zu finden – weder die Symphonie Nr. 6 „Tragische" noch eine der übrigen Symphonien, weder die Kindertotenlieder noch das Lied von der Erde, noch sonst etwas. Gar nichts. Also erkundigte ich mich an der Informationstheke. Das Fräulein mit den roten Haarsträhnen und dem orangen Pullover, auf dem *Cuba 07* stand, begab sich gleich zu ihrem Computer, tippte etwas in die Tastatur und fragte, ohne mich überhaupt anzusehen, ob man den mit Doppel-l schreibt. Ganz offenbar hatte das Fräulein von der Mediamarkt-Musikabteilung den Namen Gustav Mahler zum ersten Mal in ihrem Leben gehört, und einen Mann, der mit hochgeschlagenem Kragen etwas von Kindertotenliedern faselt, hielt sie sicher für einen Perversen, allenfalls für einen Rammstein-Freak. Jedenfalls interpretierte ich so ihren Gesichtsausdruck. Auch von diesem Mahler mit h zeigte der Computer an Beständen: 0. Das also war die – kollektiv unbewusste und desto brutalere – Rache des stupidesten Menschenschlags Europas an Mahler für seine Beschreibung vom 25. Juni 1904, dachte ich im Mediamarkt hundert Jahre danach, sagte aber nichts und tat, als ob nichts wäre, weil das Fräulein von der Musikabteilung wohl nicht verstanden hätte, wovon ich überhaupt spreche. Wieder zu Hause, habe ich dann bemerkt, dass Mahlers Symphonie Nr. 6 „Tragische" ohnehin schon längst in meinem Besitz ist, weil ich in meinem Roman *Untergänge*, der mit meinem Einbruch im Eis der Pörtschacher Bucht beginnt und um den Wörthersee kreist, vor zehn Jahren schon einmal auf das Komponierhäusl im Wald zu sprechen gekommen bin. Also habe ich mir den Discman meiner Tochter geborgt, bin gleich wieder in mein Seebüro geradelt und höre nun mit den Kopfhörern im Ohr das Allegro energico, ma non troppo.

Am 26. Juni regnet es in Maiernigg schon wieder, liebe Ottilie, und Mahler sitzt in seinem Haus. Der Jergitsch war wegen der Sandkiste da, und Mahler meint, die Almschel wird sich freuen, wenn die kleine Putzi in bester Luft im Sand herumtollen wird. Wäre es nur schon soweit! Morgen will Mahler in Klagenfurt ein Betterl für sie besorgen. In seine Einsamkeit fängt er langsam an, sich hineinzufinden, wie eben in alles Unabänderliche. Aber so einsam, schreibt Mahler, war er sein Lebtag noch nicht.

Frau Theuer war da und hat bei der Köchin Elise ein Hendel für ihn abgegeben, von dem er heute den ganzen Tag gelebt hat. Aber die Almschel soll Mahler sofort Butter und zwei Laib Grahambrot schicken, denn die Semmeln in Maiernigg sind „nicht zu fressen“. Außerdem soll Alma ihm die blaue Decke mitbringen, den Streichriemen für das Rasierzeug, einen alten Anzug – denn Mahler hat keinen richtig warmen hier –, noch so eine weiße Mütze vom Herrenhuter und die Tinte für die Füllfeder.

Am 27. Juni regnet es noch immer. Mahler muss infolgedessen fortwährend lesen und sorgt sich um seine Augen. Bei Riedl hat er ein Kinderbett ausgesucht und von Brahms endlich doch ein Clavierquartett in G-Moll gefunden, das ihn durchaus befriedigt. Außerdem will er wissen, ob Almschili schon weiß, wann sie in Wien abfahren und nach Maiernigg nachkommen können. Denn morgen ist die kleine Guckerl ja schon zwei Wochen alt. „Es ist schon ein starkes Stückl“, schreibt Mahler, „auf dieser Alm da mit seiner Sennerin Elise zu hausen“. Nichts als Salat macht sie ihm. Das Neueste jedoch ist, dass sich oben am hölzernen Häuschen eine Nachteule angesiedelt hat. Das Komponierhäusl ist aber aus Stein gebaut; das hölzerne ist das Toilettenhäuschen daneben, das es heute nicht mehr gibt. Am Nachmittag bessert sich das Wetter, und Mahler unternimmt eine Ausfahrt mit dem Rad. Sportlich ist er auf alle Fälle. Mahler fährt wie ich die vierzig Kilometer rund um den ganzen See, anders als ich aber auf nicht asphaltierten Wegen und anders als ich sicher nicht mit einer solchen Hoffnungslosigkeit und Tristesse. Anders als ich konnte Mahler bei seinen Seeumrundungen natürlich nicht nur nicht die Fortschritte bei der gerade im Bau befindlichen Autobahnraststätte in Techelsberg vor Pörtschach beobachten, sondern er ist leider auch ein paar Jahre zu früh gekommen, um die Entstehung der Wörtherseearchitektur mitzubekommen, des einzigen wichtigen Beitrags Kärntens zur reichen österreichischen Architektur der Jahrhundertwende, den Bau des Mößlacherhauses, des Hotels Kointsch oder des Hotels Carinthia in Velden, des Bulfonbades, des Clubhauses des Rudervereins Albatros im englischen Landhausstil, des Forstseekraftwerks, der Villa Edelweiß und der Villa Almrausch in Pörtschach, auch des Stauderhauses, des Gutenberghauses und des Künstlerhauses in Klagenfurt. Der Architekt all dieser Prachtbauten, Franz Baumgartner, liebe Ottilie, ist übrigens wie so viele im zugefrorenen Wörthersee eingebrochen und wäre um ein Haar darin ertrunken. Warum Menschen immer wieder so unvernünftig sind, sich auf das dünne Eis zu wagen und dabei bedenkenlos und wohl überhaupt gedankenlos ihr Leben zu riskieren, ist schwer zu erklären, denn der Grund selbst ist ein unvernünftiger: Weil das Spiegeleis so glatt und schön ist. Und weil es eine Sucht ist, fast schwerelos darüber zu gleiten. Und weil Süchte unheilbar sind.

Am 28. Juni 1904 hat Mahler in Klagenfurt den feinsten Wagen mit Gummirädern und famosen Federn aufgegabelt, der eigens für den Kaiser gekauft worden ist. Darin soll Alma wie eine Fürstin in ihrem Schloss einziehen. Beim Kaufmann hat Mahler ein famoses bayrisches Flaschenbier aufgetrieben, das er sich jeden Abend munden lässt. Das Wetter ist ziemlich miserabel – so schrecklich verhaute Sommer gibt es wirklich nur alle hundert Jahre einmal – ab und zu hört der Regen auf, was Mahler schleunigst zu einem Walk oder Rid (per Rad) nützt – und so „frettet" er sich bis Almas Ankunft durch. Von Brahms hat er noch ein zweites Clavierquartett, das in C-Moll, gefunden, von dem er ganz angetan ist. Dann liest er Oscar Wildes *Dorian Gray,* der ihn sehr interessiert und neugierig macht. (Bald vier Jahre ist es jetzt her, dass Oscar Wilde nach einer Ohrenoperation in Paris im Hôtel d'Alsace gestorben ist, vergessen, vereinsamt und verarmt mit 46 Jahren.) Dafür lässt Mahler Tolstoi eine Weile liegen: Von dem muss man sich ausruhen.

Der 29. Juni 1904 ist der erste schöne Tag, den Mahler gleich wieder zu einer Radtour um den See nützt, im Hotel Hugelmann Station macht und Café trinkt. Am 30. Juni wandert der Einsame zu den Spintinker Teichen und denkt an Alma, die hier schon einmal mit ihm „herumstrabanzt" ist. Dann hat Mahler seinen Antrittsbesuch bei Theuers absolviert und Theuer auf einem festgewurzelten Motorrad (neuester Sport) unter furchtbarem Gewackel und Gestank seine Übungen anstellend gefunden. Was ein „festgewurzeltes Motorrad" ist, darfst du mich nicht fragen, Ottilie, das weiß ich selber nicht. „Als ich längere Zeit um Gnade gefleht (ich wußte nicht, sollte ich mir die Ohren oder die Nase zuhalten), stieg Theuer großmüthigst ab und erklärte mir, nachdem die Maschine abgestellt in halbstündiger Auseinandersetzung die ganze Einrichtung.“

Und so geht es brieflich Tag für Tag weiter: Draußen strömt es ununterbrochen; es donnert, blitzt, kracht und stürmt, und Gustav Mahler sitzt behaglich in Almas Salon mit Lampe, Büchern, Noten, Klavier (Clavier), Papier. Nur die Lektüre geht ihm leider schon aus. Den Dorian Gray oder seinen Schöpfer Oscar Wilde hält er nun doch für eine ziemlich hohle Nuss: Eine gute Idee, aber durch Willkürlichkeit und Dilettantismus verpfuscht. In den Regenpausen brennt die Sonne, anstatt zu leuchten. Mahler führt den Sand für die Putzi von der Straße, wo er abgeladen worden ist, per Schubkarren auf den Platz vor dem See, streut ihn dort aus und glättet ihn, die Schweißtropfen rinnen ihm dabei nur so herunter. Er geht nach Klagenfurt, um sich mit Jergitsch zu besprechen, und grämt sich an jedem Tag, an dem wieder keine Nachricht von Alma gekommen ist. Ob es denn ganz ausgeschlossen ist, dass sie und die Kinder schon am nächsten Sonntag hier sein könnten? Wieder Wind und wieder Regenschauer, der See soll seit Menschengedenken noch nie so hoch gestanden sein. Mahler kommt bis auf die Haut nass nach Hause. Glücklicherweise sind nach der Lage und Natur der Gegend Überschwemmungen gänzlich ausgeschlossen. Mit Strümpfen geht es Mahler schlecht. Alle sind an der Ferse zerflickt, sodass sie sehr drücken, und außerdem zerfetzt. Die Luft hier ist für die Erwachsenen entschieden zu weich und matsch, aber den Kleinen wird sie wunderbar bekommen.

Am 3. Juli 1904, einem Sonntag, „wissen sich diese Ungeziefer da draußen am See und auf den Straßen nicht genug Randal! Kaum, daß in so einem Dreckgehirn eine Blase Wolgefühl aufsteigt, pumps, muß es gleich einen Platzer geben, als ein Freudenböller in die Welt: Alle müssen wir wissen, daß der Hans Affe und Peter Vieh zufrieden mit sich sind! Trostlos! Aber es lohnt sich doch, was ich hier tue. Stell dir vor, Almschi, in hundert Jahren wird es drinnen in Klagenfurt eine sogenannte *Wörtherseehalle* geben (stupider Menschenschlag! Als wäre der See ein Hallenbad!), in der *Wörthersee Classics* stattfinden, bei denen man meine II. Sinfonie gibt. Und weißt du, mein heißgeliebtes Almschili, wer die Eröffnungsrede halten wird? Nicht Berg oder Schönberg, nicht Abbado, Rattle oder Harnoncourt. Nein, mein legitimer Nachfolger, der große Komponist Udo Jürgens, Klagenfurter Ehrenbürger und Professor magnificus, dem die Welt so epochale Sinfonien wie ‚17 Jahr, blondes Haar', ‚Der Teufel hat den Schnaps gemacht' oder ‚Aber bitte mit Sahne' verdankt! Classics eben! Dafür werden wir beide auch eines Tages mit Wörtherseemuseen belohnt werden: Ich krieg mein Komponierhäusl im Wald, daß ich mir ja ohnehin selbst bauen lassen habe; Udo ganz Loretto samt Schloß, wo mich Anton mit dem Kahn abholt und übersetzt. Wenn ich selbst vom Komponieren erschöpft von meinem Waldzimmer heruntergestiegen bin und nach Reifnitz radle, pfeife ich gerne die Melodie seines Opus magnum ‚Es lebe das Laster' vor mich hin, oder ich singe zwischen Hans Affe und Peter Vieh und all den festgewurzelten GTI-Grölern den Text, den ich schon auswendig kann: ‚Er ging nie zum Aufriß in heiße Lokale, machte niemanden an und niemals Randale. Kein Cocktail am Strand im Abendrot. Er tut mir so leid, denn nun ist er

tot.‘ Ist das nicht geil, Almschi? Der Text könnte glatt von dir sein! Ist das nicht geil, Almschi? Ich tue Udo Jürgens leid! Besonders wünschen würde ich mir, daß sich der Herr Jürgens zur Eröffnung in der Wörtherseehalle auch noch ans Clavier setzt und zeigt, was er kann, indem er die Kindertotenlieder anstimmt oder das Lied von der Erde singt: ‚Herbstnebel wallen bläulich überm See / Vom Reif bezogen stehen alle Gräser (...) Ich weine viel in meinen Einsamkeiten / Der Herbst in meinem Herzen währt zu lange...‘ Schön ist es nicht, auf der Welt zu sein. Ich bin sehr gespannt auf die Interpretation des Anmachers und Aufreißers, des Cocktailtrinkers und des Partylöwen! Dich, die Putzi und die Guckerl vielmals abbusselnd Dein Gustav.“
Und dann die Hiobsbotschaft: Alma kommt noch acht Tage später. Ihre Brustentzündung hat sich verschlimmert und Dr. Fleischmann den vorgesehenen Reisetermin verboten. Mahler macht sich darauf gefasst, nach Wien zurückzukehren. Alma geht es aber schnell wieder besser, sodass Mahler bleibt und in Maiernigg ausfliegt. „Das ist hier auch ein Elend“, weil auf seiner Seite des Sees alles so schwer zu erreichen ist. Die Gitter sind noch immer nicht da. Mahler nimmt sich vor, den Jergitsch zu treten, bis der blaue Flecken hat. Er lässt sich einen Schnurrbart wachsen. Und wo bleiben die Butter und das Grahambrot? Das Spielplatzl für die Putzel ist fertig geworden, und es ist alles da, was ihr Herz begehrt. Für Almas Ankunft hat Mahler schon zwei Wagen bestellt, einer davon der feine Gummiradler. Einen solchen könnte man in ganz Wien nicht auftreiben! Nur ist er offen, und sollte es regnen, wäre es angezeigt, lieber einen Landauer anspannen zu lassen. Am Mitt-

woch circa um ½ 4 werden sie ankommen, schätzt Mahler. Oben im Wald im Komponierhäusl arbeitet er an den Liedern 2 und 5 der Kindertotenlieder, was Alma nicht verstehen kann. „Ich kann es wohl begreifen," schreibt sie, „daß man so furchtbare Texte komponiert, wenn man keine Kinder hat, oder wenn man Kinder verloren hat. Schließlich hat auch Friedrich Rückert diese erschütternden Verse nicht fantasiert, sondern nach dem grausamsten Verlust seines Lebens niedergeschrieben. Ich kann es aber nicht verstehen, daß man den Tod von Kindern besingen kann, wenn man sie eine halbe Stunde vorher, heiter und gesund, geherzt und geküßt hat. Ich habe damals sofort gesagt: ‚Um Gottes willen, du malst den Teufel an die Wand!' "
Alma möge ihm aus seinem Schreibtisch, mittlere Lade, die Manuscripte mitbringen, vornehmlich den 2. und 3. Satz der VI. Sinfonie, die er zu Hause in Wien vergessen hat. Am 10. Juli 1904 hält Mahler die niederdrückende Schwüle nicht mehr aus und rafft sich zu einem zweitägigen Blitzausflug in die Dolomiten auf. Er fährt am Sonntag zeitig nach Toblach, geht über Schluderbach nach Misurina, schläft dort, geht am Montag auf demselben Weg wieder zurück, sodass er am Abend wieder in Maiernigg ankommt. Am Dienstag Besorgungen. Am Mittwoch kann er die Seinen endlich, endlich in die Arme schließen, und die einsame Briefeschreiberei am Südufer hat ein Ende.
Es muss dann doch noch ein schöner Sommer geworden sein in den Sternennächten direkt über dem Wasser auf der Steinterrasse oder auf dem prächtigen Balkon, oder wenn das Paar mit einer Freundin nachmittags sozusagen zu mir herüber nach Krumpendorf gerudert

ist, die beiden Frauen an den Rudern, der Hofoperntheaterdirektor und Kapellmeister gab den Takt an und dirigierte sie beim Rudern, sodass die Frauen sich wie ein ganzes Opernorchester fühlten und zitterten, den Rhythmus zu verfehlen. Das muss eine Bootsfahrt gewesen sein, Ottilie! Ankunft und Jause am Nordufer erschien der Befreundeten wie ein Spießrutenlauf: Die schöne Frau und der berühmte Mann, den jeder kennt! Am Rückweg saß sie Alma gegenüber. Durch die untergehende Sonne erschienen ihr deren Haare wie flammendes Rot, und sie sah aus wie ein schönes Raubtier.

Das schöne Raubtier war sich entschieden zu gut, um nur Kamerad und Bewunderin des großen Musikers, Hausfrau und Mutter ihrer Kinder zu sein. Damals, als das Wort *Selbstverwirklichung* noch gar nicht erfunden war, brauchte sie selbst jede Menge Bewunderer, die ihrer Schönheit, ihrem Widerspruchsgeist und ihrem beißenden Witz applaudierten. Stell dir vor, Ottilie: Im Schatten eines berühmten, zwanzig Jahre älteren Mannes zu leben, war Alma zu wenig: Sie wollte selber Musikerin sein, selber Künstlerin, selber Schöpferin, selber genial. Und obgleich ihr Gustav Mahler ohnehin jede nur erdenkliche Aufmerksamkeit zukommen ließ, seiner jungen Frau regelrecht verfallen war und sie vergötterte, wollte sie noch radikaler geliebt, noch wilder, noch unbedingter begehrt werden. Und sie hat sich diesen Rausch der Selbstvergessenheit noch mit etlichen anderen Männern gegönnt. Während ihrer Ehe mit Gustav Mahler war ihre Zeit selten ganz ausgefüllt: Dienstboten kümmerten sich um den Haushalt, für die Erziehung der beiden kleinen Mädchen sorgte Miss Turner, die englische Gouvernante.

Mein Nachbar, dem ich erzählt habe, dass ich in Mahlers Briefen an Alma schmökere, ruft über den Gartenzaun, dieses Almschili sei kein schönes Raubtier und schon gar keine lässige Alte, sondern eine Tussi und ein Sautrampel gewesen. Dann kommt er zu mir in den Garten, lädt sich selber auf ein Achtel ein, blättert in einem Stoß von Büchern, die auf meinem Terrassentisch liegen, und liefert jede Menge Belege für seine Sautrampelthese: Die geschönte Biographie und die Affairen und das amouröse Doppelleben während Mahlers Todeskrankheit und Sterbenselend. „Wahrscheinlich", sagt er unter dem nächtlichen Sommersternenhimmel bei der dritten Flasche Wein, „hat der Sautrampel den armen Gustav Mahler überhaupt ins Grab gebracht. Wenn es das Herz ist, kann das ja niemand mit Bestimmtheit sagen." Ich weiß.

In den Sommern 1905 und 1906 war die Familie zusammen „auf dem Lande" in der Splendid Isolation in Maiernigg, weshalb es keinen Briefwechsel zwischen Mahler und dem schönen Raubtier gab. 1907 – die Putzi ist fünf, die Gucki drei, bekommt die Putzi schon am dritten Tag nach der Ankunft in Maiernigg Scharlachdiphterie und war, wie ihre Mutter schreibt, „von Anfang an verloren. Vierzehn Tage Bangigkeit – Verfall – Erstickungsgefahr. Entsetzliche Zeit! Mahler liebte dieses Kind dermaßen [tatsächlich nennt Alma in ihren Erinnerungen weder ihr Kind noch ihren Mann beim Vornamen, geschweige denn beim Kosenamen, nicht einmal, wenn es ans Sterben geht: sie ist nur „das Kind", er „Mahler"], daß er sich mehr und mehr in sein Zimmer verkroch, von diesem geliebten Kinde im Inneren Abschied nehmend. In der letzten Nacht, in der der

Kehlkopfschnitt gemacht wurde, stand die ganze Zeit hindurch der Diener vor Mahlers Schlafzimmertüre, damit er, falls er durch den Lärm geweckt würde, beruhigt und wieder in sein Schlafzimmer zurückgebracht werde: Diese furchtbare Nacht, in der meine Engländerin und ich einen Operationstisch richteten und das arme, arme Kind einschläferten. Ich rannte während der Operation am Strand entlang, laut schreiend, von niemandem gehört. Es war fünf Uhr früh (der Arzt hatte mir das Zimmer verboten), da kam meine Engländerin und sagte: ‚Es ist vorbei.' Und ich sah dieses herrliche Kind mit großen Augen liegen und röcheln, und so litten wir alle noch einen Tag – bis es aus war. Mahler lief immer weinend und schluchzend an ihrer Schlafzimmertür vorbei. Er floh, nur um keinen Laut mehr von ihr zu hören. Er konnte es nicht mehr ertragen."
Am zweiten Tag nach dem Tod des Kindes bekam Almas Mutter unten am Strand einen Herzkrampf, und Alma fiel in Ohnmacht, während oben auf der Landstraße, wo Mahler noch vor drei Jahren mit der Scheibtruhe Sand zum Spielen angekarrt hatte, der Kindersarg auf den Wagen gehoben wurde. Der Distriktarzt Dr. Carl Blumenthal aus Viktring kam und untersuchte alle, auch Gustav Mahler, der auf dem Sofa gelegen war und um die Untersuchung gebeten hatte. Dr. Blumenthal erhob sich und sagte: „Na, auf dieses Herz brauchen Sie aber nicht stolz zu sein!" Die Diagnose war ein doppelseitiger, obwohl kompensierter Herzklappenfehler. Willkommen im Club, Gustav Mahler! Mahler durfte ab sofort nicht bergsteigen, nicht radeln, nicht schwimmen und sollte überhaupt Überanstrengung meiden. Mit diesem Befund ebenso wie mit dem Tod seiner Putzi

begann das Ende Mahlers. Mit Trommeln endet oben im Wald die 6. Symphonie.
Mahler ist jetzt 47 Jahre alt. Sein Schicksal wird von nun an immer trauriger. Keine vier Jahre später ist auch er tot und wird neben seiner geliebten kleinen Tochter begraben. Ich höre hier auf, in Briefen und Memoiren zu stöbern und die Geschichte Gustav Mahlers zu erzählen, weil sie von nun an nicht mehr am Wörthersee spielt, also außerhalb meines Gesichtskreises. Die Villa wurde geräumt und verkauft, die Noten zusammengepackt, der See verlassen. Mahler hat sein Refugium nie mehr wiedergesehen. Aber nachdem ich die Bücher hier in meinem Seebüro am Nordufer zugeschlagen und noch immer zur Villa über den See geschaut habe, liebe Ottilie, hat mich plötzlich die Lust gepackt, rund um die Ostbucht hinüber auf die andere Seite zu radeln.
An der Zauntür am Straßenrand steht heute „Villa Siegel". Im Postfach steckt eine Postwurfsendung der Sprachkurs-Sommerakademie der Universität Klagenfurt. Teile des Dachs sind mit roten Ziegeln neu gedeckt, ein Kamin ist neu aufgemauert, eine Satellitenschüssel angebracht. Unten beim Ufer ein kleiner Spielplatz, jedenfalls ein Holzgestell mit Schaukel, aber sicher nicht aus der Zeit der Wende vom 19. zum 20. Jahrhundert. Und doch wirkt die Villa, von hochstämmigen Bäumen umzingelt und überschattet, unbewohnt und geradezu ausladend, als könne ihre schlimme Geschichte niemals ganz abgeschlossen sein. Das Gelände wirkt verwahrlost, der Zaun ist rostig, Gärtnerarbeiten warten dringend auf ihre Erledigung. Vielleicht sieht es auch bloß so aus, wenn ein Seehaus Herbst und Winter über leer steht. Nicht überall sind, wie ein paar hundert Meter weiter auf

dem Areal der Multimillionärswitwe Horten, Bedienstete angestellt, die im November mit gigantischen Luftdruckföns, die fast wie Panzerfäuste aussehen, durch die Wiese pirschen und die Unmengen welken Laubs zu Haufen zusammenblasen. Hier bei der Villa Siegel wäre das Gelände wohl auch zu steil dazu. Wie ich gehört habe, soll die Mahlervilla heute ausgerechnet im Besitz eines Apothekers stehen, der tagtäglich mit dem Penicillin zu tun hat, das der kleinen Putzi und vier Jahre später Gustav Mahler selbst das Leben hätte retten können, der binnen dreier Monate von den größten medizinischen Koriphäen seiner Zeit in New York und Paris und Wien behandelt und doch schwächer und schwächer werdend hilflos und elendig an seinen „Vieherln", an den Streptokokken, zugrunde ging. Auf den Erbauer und ursprünglichen Besitzer der Villa fehlt heute jeder Hinweis. Ein paar Jahre nach meinem Tod wird man das Rauchergen entdecken, das indiziert, dass mein Körper schon seit Generationen an das Nikotin angepasst war und summa summarum mit Nikotin besser und artengerechter funktioniert hätte als ohne. Ein paar Jahre nach meinem Tod wird man ein wunderbares Medikament gegen Flatulenzen erfinden, eines gegen Hyperlipidämie, eines gegen schlechtes Blut generell; ein Medikament gegen Herzinfarkt, ein Medikament gegen die Herzleiden seiner Großeltern, ein Medikament gegen Gene, ein Medikament gegen Medikamente, eines gegen Ärzte, und dank des dann neuesten Standes medizinischer Erkenntnis, die sich von der heutigen barbarischen, gnadenlosen, unmenschlichen Lehrmeinung in allem und jedem unterscheiden wird, wird man wenigstens uns schöpferische Menschen in Frieden rauchen, in Frieden saufen, in

Frieden fettes Fleisch und Marzipankartoffel essen lassen: und man wird uns in Frieden lachen lassen. Verächtlich den Kopf schütteln wird man über die größten medizinischen Koriphäen meiner Zeit. Nachsichtig belächeln wird man die Nullen und Nichtrauchterroristen und jeden Satz mit den pardonierenden Worten beginnen: „Beim damaligen Wissensstand..." Aber ich werde davon so wenig haben wie Gustav Mahler von den Antibiotika. Ich bin hundert Jahre zu früh auf der Welt. Oder hundert Jahre zu spät. Oder hundertfünfzig. Jetzt ist sicher falsch.

Der Touristenpfad zum Komponierhäusl durch den Wald ist etwa einen Kilometer lang und beginnt ganz woanders, nämlich schon beim Strandbad Maiernigg, wo es auch genügend Parkplätze für die bequemen Gummiradler von Mitshubishi und Mercedes, Ford und Volkswagen gibt. Hier aber, wo Mahler selbst gegangen ist, führt kein Weg nach oben. So abschüssig und bewaldet ist der Hang, dass man von der Mahlervilla aus kein Komponierhäusl, und vom Komponierhäusl aus die Mahlervilla am Seeufer nicht sehen kann. Wer nicht Bescheid weiß, kommt gar nicht auf die Idee, hier könnte etwas zu finden sein. Wer nicht Bescheid weiß, kommt gar nicht auf die Idee, hier in den Wald einzusteigen und den auch jetzt im April noch mit raschelndem und darunter feuchtmodrigem Laub übersäten Hang hochzuklettern. Und doch sind das große und das kleine Gebäude keine hundert Meter Luftlinie voneinander entfernt, und auf halber Höhe kann man, wenn man bloß seinen Kopf schwenkt, von einer bestimmten Stelle aus beide durch das Geäst der Bäume schimmern sehen. Rund um das Komponierhäusl muss

man in den letzten Jahren wie wild Bäume gefällt haben, sodass eine Lichtung entstanden ist, die es zu Mahlers Zeit nicht gegeben hat. Jedenfalls ist man von der Mahlervilla in allerhöchstens fünf Minuten beim Komponierhäusl oben. Das schafft man auch mit Herzklappenfehler, Infarkt, Stent, Bybass oder Spenderherz noch. Da kommt man weder ins Keuchen, noch ins Schwitzen.
Was habe ich auch anderes erwartet? Nichts. Aber ich muss alles sehen. Beim Abstieg kraxelt mir ein kleiner Mann entgegen, der auf den ersten Blick haargenau so aussieht wie Gustav Mahler: Die Adern treten ihm aus der zerfurchten, höher werdenden Stirn, das wirre Haar, der Schnauzbart, die Nickelbrille auf der Nase. Und er ist auch gleich gekleidet: Die Fliege, ein weißes Hemd, Bundfaltenhose mit Trägern, schwarze Stiefel, sogar die weiße Mütze vom Herrenhuter hat er in der Hand. „Ah, der Herr Gstättner!“, sagt der Mann mit ausgesuchter Freundlichkeit und schüttelt mir sogleich die Hand, „wie geht's, wie steht's? Was macht das Herz?“ – „Danke der Nachfrage, Herr Kapellmeister“, antworte ich, „stolz bin ich nicht darauf. Und Ihres?“ Der Mann schluckt und ist erstaunt und scheint mich nicht zu verstehen, sodass mir meine Frage augenblicklich sehr peinlich ist: Ich bringe ja, wie du weißt, Ottilie, alle Zeiten durcheinander. Vielleicht spreche ich von der Zukunft? Vielleicht weiß er noch nichts, vielleicht ahnt er nicht einmal etwas? Vielleicht spielt die Putzi noch unten in der Sandkiste, behütet von Miss Turner, und nichts Tragisches zeichnet sich ab. Vielleicht ist seine eigene Diagnose noch gar nicht gestellt, und das sind jetzt die letzten Tage seiner heilen Maiernigger Welt?

Also wechsle ich schnell das Thema, ziehe deine kleine Partitur aus der Hosentasche, reiche sie dem Mann und bitte ihn, bei Gelegenheit einen Blick darauf zu werfen. Gegenwärtig hätte er noch zwei Lieder seiner Frau am Tischchen liegen, erwidert der Mann, aber gleich danach werde er meiner Bitte gerne nachkommen. Demnächst müsse er wieder nach Amerika reisen: also entweder gleich am Dampfer oder sonst eben in New York im Hotel Savoy. Dann werde er mir auf einer Korrespondenzkarte mitteilen, was er davon hält. Ich weiß, wie kindisch und wie lächerlich das ist und wie sehr die Literaturwissenschaftler ihre Nase rümpfen werden, aber ich kann nicht anders und schenke dem kleinen Mann zum Abschied ein Päckchen Antibiotika. Und meine Herzmittel noch dazu. Die wird er gut gebrauchen können! Wenn man schon einmal Gelegenheit hat, einen Menschen auf so einfache Weise vor dem Tod zu bewahren. Und gleich auch noch ein Päckchen für das Fräulein Tochter! Jetzt gehen sich noch etliche Maiernigger Sommer in der Splendid Isolation aus, etliche Bootsfahrten und Schiffsfahrten am Sonnendeck, etliche Fünfuhrtees in Pörtschach oder Krumpendorf, viel Schokolade im *Kaiser von Österreich*, jede Menge weiche Seeluft, Glitzern ringsum und mindestens noch fünf, sechs zusätzliche Sinfonien. Nur was wir mit dem Sautrampel machen könnten, weiß ich nicht, Ottilie! Die Villa wird nie verkauft werden, sie bleibt im Familienbesitz: Nachdem Gustav Mahler, hochbetagt nach einem erfüllten Leben, vielleicht gerade hier mit Blick auf den See an einem frühen Sommermorgen friedlich verstorben ist, haben die beiden Töchter sie übernommen, und heute ist die Villa das prächtigste Museum weit und breit und zieht Besucherscharen aus der ganzen Welt an. Der kleine Mann im Wald bedankt sich und steckt die Päckchen ein. Wie die Geschichte zeigt, dürfte er mich aber wie so viele Menschen offenbar nicht ganz ernst genommen oder ganz einfach auf das Penicillin vergessen haben. Daher ist auch nie eine Korrespondenzkarte gekommen, und ich habe nie erfahren, was der Maestro von dir, Ottilie, und dem einzigen Kärntnerlied in Molltonart gehalten hat.

Du hast es wohl gemerkt, Ottilie: Ich wollte dir eine kleine Freude machen. Aber gelungen ist sie mir nicht. Ich habe dich angeschwindelt. Zwar habe ich nie behauptet, Gustav Mahler selbst, sondern nur einem Mann begegnet zu sein, der genau so aussieht wie Mahler, aber auch das hat nicht gestimmt. Mir ist überhaupt niemand begegnet außer einer kräutersammelnden Frau, und tatsächlich sind weder die Szene noch der Dialog im Wald passiert. Früher habe ich besser geschwindelt, plastischer phantasiert, Ottilie, aber früher habe ich geraucht und das Nikotin hat mir aufs vortrefflichste das Gehirn durchgeputzt: Und dieses Eingeständnis macht meine wortwörtlich verdammten Herzkranzgefäße enger als alle Zigaretten dieser Welt zusammen es vermöchten. Ich habe immer gemeint, ich ertrüge es nicht. Jetzt hab ich es ertragen, aber frag mich nicht wie!

8

Wie Gustav Mahler fünfzig Jahre nach dir, Ottilie, im Wörthersee geschwommen ist – falls du geschwommen bist –, ist siebzig Jahre nach Gustav Mahler Ingeborg Bachmann im Wörthersee geschwommen, und zwar „wild gecrawlt in einem ziemlich kalten Wasser", in Loretto nämlich, zwanzig Minuten lang in aller Herrgottsfrüh und vor allem bei Regenwetter, weil sie dann von den deutschen Touristen nicht gestört worden ist, die sich wie Herren aufgespielt haben: Elisabeth Matrei und ihr alter Vater haben das jedenfalls getan, die Heldin in Ingeborg Bachmanns letzter Erzählung *Drei Wege zum See,* und ich kann mir schwer vorstellen, dass die Bachmann nicht persönlich in Loretto recherchiert hat. Von meinem Seebüro aus habe ich auch diesen *Schauplatz der Weltliteratur* im Auge, und weil ich selbst nichts mehr schaffen kann, lese ich stattdessen bei der Bachmann von der alten Tramway mit den offenen Sommerwaggons, der die Heimkehrerin nachtrauert, von den vielen Kindern, die auf dem Trittbrett hingen, vom riesigen Campingplatz, auf dem die Deutschen so eng zusammengepfercht waren, freiwillig. „Herr Matrei sinnierte: Es sind überhaupt nur noch Deutsche da, jetzt haben sie es endlich fertiggebracht, jetzt haben sie uns gekauft, und die haben denen keinen Riegel vorgeschoben, unsere Regierungstrottel, die das hätten kommen sehen müssen. Und nun musste er noch auf seine alten Tage erleben, dass Kärnten den Deutschen gehörte. Und unsere Leute kuschen und glauben, es sei gut für unsere Devisen und für den Fremdenverkehr. Das habe aber nichts mit Fremdenverkehr zu tun, sondern gleiche einer Okkupation. Elisabeth dachte für sich: Dieser See ist auch nicht mehr der See, der uns gehörte, sein Wasser schmeckt anders, es schwimmt sich anders darin. Er hat uns nur eine halbe Stunde lang im Regen gehört. Herr Matrei wiederholte sich, während sie stadteinwärts fuhren: Die Deutschen hätten jetzt alles, und das habe er nicht mehr erleben wollen. Den Krieg hatten sie verloren, aber nur scheinbar, jetzt eroberten sie Österreich wirklich, jetzt konnten sie es sich kaufen, und das war schlimmer, für ihn war ein käufliches Land schlimmer als ein verirrtes und zerschlagenes. Man dürfe sich nicht kaufen lassen.“ Weil bald nach der Erzählung zunächst Herr Matrei und dann auch die Bachmann starben, konnten sie nicht mehr erleben, wie nur ein paar Jahre später die Fernflüge günstiger wurden und die Deutschen statt an den Wörthersee lieber nach Mallorca oder auf die Kanaren, nach Thailand oder in den Oman oder in die Karibik, also in die Paradiese ganzjähriger Schönwettersicherheit flogen, wie die Deutschen Kärnten den Kärntnern zurückgaben und überließen, und wie den Kärntnern das auch wieder nicht recht war und die Kärntner mit Kärnten gar nichts anzufangen wussten und den Deutschen nachtrauerten. Weit größere Opfer hätten sie nun gebracht, als den Topfenkuchen „Käsesahnetorte“ zu nennen! Alle möglichen Initiativen haben die Kärntner gesetzt, um die Deutschen trotz des von Mahler und Bachmann beschriebenen Schlechtwetters wieder ins Land und an den Wörthersee zu locken. Zum Beispiel haben sie bald nach Bachmanns Tod den Bachmannpreis erfunden, der praktisch nur aus deutschen Dichtern, deutschen Kritikern, deutschen Verlegern und Verlagsleuten, deutschen Journalisten und deutschen Intellektuellen besteht. Abends nach den Lesungen essen und trinken die deutschen Dichter und die deutschen Kritiker und die deutschen Verleger im Restaurant *Loretto* und springen genau dort in den See, wo Vater und Tochter Bachmann geschwommen sind, Vater und Tochter Matrei, in diesen See, in dem es sich anders schwimmt und dessen Wasser anders schmeckt. Nur freilich nicht bei Regenwetter.

Mit *Malina* – lese ich – habe die Bachmann einen „modernen Bewusstseinsroman" geschaffen, ein Buch über den Terror, geschrieben in extremis, und damit eine ganze Flut moderner Bewusstseinsromane ausgelöst. Wer schreiben und anerkannt werden wollte, musste *so* schreiben, und je kryptischer, rätselhafter und hermetischer ein moderner Bewusstseinsroman, desto besser. Nur ja nicht so tun, als ob nichts wäre, Ottilie, im Gegenteil! Seit über einem Vierteljahrhundert treten Heerscharen moderner Bewusstseinsromane beim Bachmannpreis wohlportioniert gegeneinander um die Wette an, alles rätselhafte, kryptische, hermetische Bücher über den Terror, alle geschrieben in extremis – sodass man bei diesem Bachmanpreis mit den Jahren leicht den Eindruck gewinnen kann, dass alles, was keine moderne Bewusstseinsprosa ist, auch keine Literatur sein kann. Sehr schnell ist vergessen worden, dass man der Prosaautorin Bachmann zu Lebzeiten selbst allzu oft „Versponnensein in die eigene Subjektivität" zum Vorwurf gemacht hat, und die zeitgenössische Literaturkritik auf Bachmanns Prosa beim Erscheinen generell mit Verwirrung und Abwehr reagierte. Kritik altert und verwest immer viel schneller als das Kritisierte, aber das ist den Kritikern und Wissenschaftlern bis heute zu mühsam

und anstrengend, jeden gemäß seiner Eigenart zu betrachten. Zum ersten, langjährigen, allmächtigen Vorsitzenden des Bachmannpreises wurde ausgerechnet jener Kritiker bestellt, der die Bachmann ihr Leben lang am schärfsten und schäbigsten kritisiert, ja diffamiert, beleidigt und ihre Arbeit verspottet hat. Als Prosaautorin, lese ich bei ihrem Biographen, musste sich die Bachmann zeitlebens unverstanden fühlen.
Wie bei Gustav Mahler immer nur „vom Land" die Rede ist, wenn Maiernigg gemeint ist, sind auch in Bachmanns Erzählung Klagenfurt, Loretto und das Wörtherseeufer „auf dem Land." Jedenfalls sprechen Elisabeth Matreis weltmännische Bekannte so, die ja selbst nur für ein paar Tage in die Enge Kärntens und Klagenfurts zurückgekommen ist, um ihren Vater zu besuchen. So ist in der Erzählung, die am Kreuzbergl spielt, einem bewaldeten Hügelkamm gleich hinter meinem Freiluftbüro am Nordufer, auffällig oft von London und Paris und New York die Rede, von den Flughäfen Heathrow und Orly, ja sogar von Asien, Afrika, Persien, Indien und China, vom Fernfieber, vom Hinarbeiten auf ein Wunder zwischen Schloss Freyenthurn und dem Plattenwirt, zwischen der Zillhöhe und dem Gasthof Jerolitsch, auf das Wunder, weit wegzukommen. Fort, nur fort! London, Paris, New York, da schaust du, Ottilie! Das ist schon etwas anderes als Maria Wörth im Winter! Manchmal freilich wirkt das Mondäne wohl wie im Bauchladen vor sich hergetragen, und es ist die Geschichte einer Großfrausucht. Aber die Bachmann schreibt auch von der Empfindlichkeit, die man unweigerlich entwickelt, wenn man von der Peripherie kommt, und die einen überall zum Fremden macht. Mit Rührung und doch auch mit

Herablassung liest Elisabeth Matrei am Morgen in ihrem Elternhaus die dilettantischen Zeitungsberichte und das schlecht geschriebene Feuilleton. „Elisabeth fragte sich, ob es nun wichtig war, dass die Leute hier, in diesem Winkel, Nachrichten entstellt zu lesen bekamen oder nicht, und ob es sie etwa geändert hätte, wenn sie je eine weniger verdrehte Vorstellung von den Vorgängen außerhalb des Landes bekommen hätten. Wahrscheinlich nicht." Wenn ich, von Reisen aus Italien oder Deutschland, Portugal oder Frankreich zurückgekommen, die Zeitung in die Hand genommen habe, habe ich stets den gleichen Eindruck gehabt und mir selbst eingestehen müssen, dass der über dreißig Jahre alte Befund nach wie vor Gültigkeit hat. Schon drei Tage Triest oder Istrien reichen mir dafür. Nur das „Feuilleton" – wenn man es überhaupt so nennen kann – ist etwas kecker geworden, seit auch ich darin schreibe. Aber ich lebe ständig in der Furcht, dem gesunden Hausverstand dieses Winkels publizistisch zum Opfer zu fallen. Bloß einmal habe ich beim Heimkommen ganz anders gedacht, nämlich im Ambulanzjet am Rückflug aus Salamanca: Damals habe ich die dilettantischsten Berichte der heimischen Zeitung regelrecht herbeigesehnt. Wie ein Kind habe ich mich gefreut, als tief unten die Gipfel der Karawankenkette in meinen Gesichtskreis kamen. Ich war dem Schicksal dankbar, dass ich, wenn auch körperlich und geistig entstellt, so wenigstens noch existierend und nicht als Frachtgut in einer Holzkiste transportiert wurde, wie es womöglich Ingeborg Bachmann auf ihrem letzten Heimflug geschehen ist.

Elisabeth Matrei wandert über alle Höhenwege des Kreuzbergls am nordwestlichen Stadtrand, findet aber anders als in ihrer Kindheit keinen Weg mehr zum See. Manches Mal hat sie sogar großes Glück, rechtzeitig innegehalten zu haben: Denn nur ein Schritt weiter, und sie wäre bei einem Steilhang am äußersten Rand einer Wiese abgestürzt, den es früher nicht gegeben hat. Der Berg ist nicht abgebrochen und weggerutscht, sondern von Baggern abgetragen worden. Frische, feuchte Erde ist noch zu sehen, und unten am Fuß des Steilhangs liegt ein riesiger, breiter Bauplatz, wo die neue Autobahn entstehen soll, sodass es für Elisabeth Matrei kein Durchkommen gibt.

Die Wege zum See sind heute abgeschnitten, aber es gibt andere, und die Autobahn ist längst fertig. Sie führt um die Stadt herum und in die Stadt hinein. Heuer musste sie generalsaniert werden, weil ihr Belag abgefahren war. Es ist gut, dass es die Autobahn gibt, denn sie führt am schnellsten Weg zum Flughafen. Der Flughafen ist klein, aber der Himmel über dem Flughafen in Klagenfurt ist genauso hoch wie der Himmel über Berlin oder Frankfurt, London oder Paris. Das Flugzeug ist beim Start in Klagenfurt schon genauso groß wie bei der Landung in Frankfurt. Übrigens heißt der Flughafen *Wörthersee*. Es ist gut, dass es die Autobahn gibt, denn sie führt nach Paris, London und New York, nach Lissabon und Rotterdam und Salamanca. Es ist gut, dass es diese Autobahn gibt, denn sie führt in die Welt. *Fort, fort, nur fort!* Ich beneide alle Herzinfarktopfer, die ihren Herzinfarkt zu Hause bekommen haben und deshalb vielleicht weniger Skrupel, weniger Angst haben, mit ihrer Herznarbe und ihrem Mortalitätsrisiko wieder in die Welt hinauszufahren, im Gegensatz zu mir, der seine Herznarbe und sein Mortalitätsrisiko erst aus der großen Welt heimgebracht hat und jetzt verurteilt ist zu Unterjeserz und Kranzlhofen, Tuderschitz und Klagenfurt. Ich habe, seit ich nicht mehr rauchen darf, auch keine literarischen Pläne mehr, die einen Auslandsaufenthalt notwendig machten. Ich habe gar keine literarischen Pläne mehr. Ich habe gar keine Pläne mehr. Meine Sprache ist das Fahrrad, hat der junge Radrennfahrer Marco Pantani kurz vor seinem Tod auf einen Zettel geschrieben, denke ich auf meinem Fahrrad am Weg um den See. Ich weiß heute, wie schwer es ist, etwas mit seinem Fahrrad auszudrücken, und wenn man noch so sehr in die Pedale tritt. Fahrräder und Radfahrer werden prinzipiell nicht verstanden. Es fühlt sich gar niemand angesprochen. Mit dem Fahrrad redet man gegen eine Wand.

Die Autobahn, die das Kreuzbergl vom See trennt, führt in die Welt, und sie führt nach Rom, und sie führt in die Armeleuteküche in der Via Bocca di Leone 60, wo Ingeborg Bachmann neben dem Herd an einer Anrichte lehnt und Zeitung liest, wo sie sich lange Jahre mit ihrem Todesartenprojekt abquält, und in die Via Giulia 66, wo sie während ihres Todesartenprojektes vom Tod überrascht wird. Ingeborg Bachmann ist nicht im Wörthersee ertrunken, nicht im schwarzen Wasser umgekommen. Sie ist weder an Streptokokken, noch an einem Herzinfarkt gestorben, nicht unterwegs, sondern auswärts und vielleicht daheim.

An deinem Todestag, Ottilie, in der Nacht vom 25. auf den 26. September 1973, verletzt sich Ingeborg Bachmann bei einem Brandunfall so schwer, dass sie, 47 Jahre alt, an den Folgen der Verletzung stirbt. Aber ein „multifaktorielles Todesgeschehen“ war wohl auch das:

Man stirbt ja nicht wirklich an Krankheiten. Man stirbt an dem, was mit einem angerichtet wird.

„Am frühen Morgen des 26. September“, lese ich bei ihrem Biographen, „noch vor fünf Uhr früh, rief Ingeborg Bachmann bei Maria Teofili, der mit ihr befreundeten Haushälterin, an. Sie habe sich verbrannt und bitte sie, zu kommen und eine Salbe mitzunehmen. Als Maria Teofili dann um halb sechs in der Wohnung der Schriftstellerin im Palazzo Sacchetti ankam, konnte Ingeborg Bachmann noch die Tür öffnen, blieb auch, trotz der schweren Verbrennungen, bei Bewusstsein, solange Frau Teofili bei ihr war. Auf dem Boden lag ein verbrannter wollener Bettschal, im Bad verkohlte Reste des Nachthemds. Sie dürfte im Bad ohnmächtig geworden sein, mit einer Zigarette vornübergesunken. So erklärte sich der behandelnde Arzt, Dr. Paolo Lombardi, später, im Krankenhaus, die Position der Wunden. Maria Teofili sah das Ausmaß der Verbrennungen, rief den Rettungswagen und suchte ein Ausweisdokument der Schriftstellerin. Als sie keines fand, nahm sie, anstelle eines persönlichen Dokuments, die italienische Übersetzung des Romans *Malina* mit.

Die Verbrennungen waren so schwer, dass es wenig Hoffnung auf ein Überleben gab. Ingeborg Bachmann wachte nur mehr selten auf. Am 17. Oktober 1973, um sechs Uhr früh, starb sie. Die Tote wurde auf Wunsch der Familie nach Klagenfurt überführt und dort auf dem Friedhof Annabichl bestattet. Zu Lebzeiten soll sie gesagt haben, dass sie gern auf dem Protestantischen Friedhof in Rom, zwischen den Gräbern von Shelley und Keats, begraben sein wollte“. Das Klagenfurter Mädchengymnasium, das Ingeborg Bachmann nicht besucht hatte, wurde später in Ingeborg Bachmann-Gymnasium umbenannt. Vor dem Ingeborg Bachmann-Gymnasium steht heute eine Tafel mit der Aufschrift: *Geben Sie dieser Frau kein Feuer!* Das ist eine der größten Geschmacklosigkeiten im gegenwärtigen Klagenfurter Ortsbild, und es ist eine Frechheit und Gemeinheit, Ingeborg Bachmann dazu zu missbrauchen, junge Menschen zum Nichtrauchen zu erziehen. Eine Zigarette weniger, und es gäbe überhaupt keinen Bachmannpreis und überhaupt kein Bachmanngymnasium. Ein paar hunderttausend Zigaretten weniger, und es hätte vielleicht nie eine Ingeborg Bachmann gegeben. Jedenfalls nicht *die*. Jedenfalls kein Werk. Jedenfalls nicht *das*. Nach wie vor ist das Ideal der Mittelschule die mittelmäßige Existenz; vom Leben in extremis weiß die Mittelschule nichts. Also soll sie davon schweigen. Sterben lernt man in der Mittelschule nicht, auch wenn sie Bachmanngymnasium heißt. Meine Tochter, Schülerin in diesem Bachmanngymnasium, bastelt zum 30. Todestag der Dichterin im fächerübergreifenden Unterricht ein fröhliches Bachmannplakat und malt die dicken Ziffern des Todesdatums kunterbunt an, und das Fernsehen fragt mich um eine Wortspende vor einem völlig verrosteten Bachmanndenkmal gegenüber der Schule. Ich schlage vor, Terpentin zu kaufen, und möchte das Denkmal während meiner Wortspende putzen. Aber das Fernsehen hat für das Putzmittel kein Geld. Was soll man sagen? Sie ist vorbei. Sie hat sich hinter sich.

Freunde äußerten nach dem Tod der Bachmann Mordverdacht, der von der Frage ausging, wie sich denn jemand so schwere Verbrennungen zuziehen könne ohne aufzuwachen. Die Frage wurde schließlich mit der herabgesetzten Schmerzempfindung auf Grund von Alkohol- und Medikamentenkonsum beantwortet. In den letzten sieben Jahren in Rom ist die Bachmann immer abhängiger von Schlaftabletten und Sedativa geworden, von Mogadon und Medomian, und von Seresta, einem Psychopharmakon. In den Aphotheken in Rom bekommt sie keine Tabletten mehr, muss immer wieder Freunde und Bekannte ersuchen, ihr Medikamente zu beschaffen. Illusionslos sieht sie ihre schlechten Chancen, durch Entzugskuren davon loszukommen. Geschützt durch ihr nahestehende Menschen, gelingt es ihr, bis in die letzten Lebensjahre die Folgen der Alkohol- und Medikamentenabhängigkeit vor der Öffentlichkeit zu verbergen. Mir würden meine Zigaretten schon reichen für mein ganzes Schreiben und die ganze Moderne und mein ganzes Bewusstsein, Doctores! Für alle Nächte und alle Schmerzen.

Ich lese, was ich lese, damit ich mich in Beziehung setzen kann und damit ich das, was mir passiert ist, in Beziehung setzen kann mit dem, was anderen passiert ist, mein Unerklärliches mit dem Unerklärlichen anderer, und damit mein Ungeheuerliches nicht so allein in mir ist. Ich bin steril. Sterilisiert. Wie lange noch dieses elende Überlebenstrainingsleben, Doctores, wie lange dieses Lebenserhaltungsleben, das noch dazu so miserabel funktioniert? Warum soll ich nicht endlich wieder in extremis leben? Warum soll ich nicht schreiben? Warum soll ich nicht rauchen? Warum soll ich nicht sterben? Mensch sein: auf eigene Faust leben. Auf eigene Faust sterben. Mensch sein: sich den Anordnungen der Ärzte widersetzen. Sich den Anordnungen der Experten widersetzen. Sich den Anordnungen der Mächtigen widersetzen. Mensch sein: sich widersetzen. Ich schaue in den See. Mir ist schwindlig. Ich lasse meine Giftflatulenzen. Den Nitrolingualspray immer griffbereit in der Hosentasche: Man weiß ja nie. *Man stirbt an dem, was mit einem angerichtet wird.*

9

Wie Gustav Mahler fünfzig Jahre nach dir, Ottilie, und Ingeborg Bachmann siebzig Jahre nach Gustav Mahler im Wasser des Wörthersees geschwommen ist, schwimme in diesem Wasser, dreißig Jahre nach Ingeborg Bachmann, heute ich. Am zweiten Sonntag im Mai öffnet nach sieben langen Wintermonaten das altehrwürdige städtische Strandbad wieder seine Pforten – und das ist keine Redensart: Es sind wirklich Pforten aus schwerem Holz, die den Eingang den Winter über verbarrikadieren –, und ich kann mit Liegestuhl, Instantkaffee, Sonnenöl und einem Buch in der Tasche zwischen den putzigen weißen Saisonkabinenhäuschen hindurch, die in Reih und Glied auf der Wiese stehen, hinaus auf den nördlichsten der drei mächtigen Holzstege flanieren, die hundert Meter in den See hineinragen und auf denen im Hochsommer die schönsten Mädchenkörper der Welt geschlichtet sind. Jetzt setze ich mich noch ganz allein auf die Stiege und stecke die Zehen ins Wörtherseewasser. Jetzt eine Zigarette rauchen!

Früher bin ich vom Muttertag an tagtäglich in den See gehechtet und bis zum Grund getaucht. Seit die Ärzte mich nach dem Infarkt auch davor gewarnt haben, verzichte ich auf solchen jugendlichen Leichtsinn. Es gilt, Mittelohrentzündungen, Tubenkatarrh und Stirnhöhleneiterungen vorzubeugen: Der Biedermeiermensch mag diese Unannehmlichkeiten nicht. Lust am Element bleibt auch so: Das plätschernde Wasser bist ja du. Noch ist das Wasser zu kalt, aber in zwei, vielleicht drei Wochen werde ich wieder von der KAC-Brücke zur

Bootsbrücke und weiter hinaus zu den Bojen schwimmen, die das Strandbadareal begrenzen und die imaginäre Linie markieren, die Tretboote, Jachten, Segler, Ruderer und Surfer nicht passieren dürfen. Eine Stunde lang schwimme ich jeden Tag von Mai bis September. Das ist jetzt meine Arbeit. Sie dient niemandem, und wie lange ich mir meine Arbeit werde leisten können, weiß ich nicht. Schwimmen regt das Denken an, Schwimmen ist Denksport. Schwimmen ist gar kein Sport, Schwimmen ist Kultur. Schwimmen ist Heimkommen – und jedes Wasser Fruchtwasser. Niemand würde den ganzen Sommer lang Abend für Abend in die Sonnenuntergänge hineinschwimmen, könnte er damit nicht wenigstens für eine kurze Weile seine Geburt rückgängig machen, bis am letzten Septembertag schwarze Wolken am Himmel aufziehen und das Strandbad seine Pforten wieder für eine Ewigkeit schließt – und man seine Geburt doch akzeptieren muss. Aber bis dahin habe ich außer Melancholie ohnehin sicher wieder Fußpilz. Und kaum steige ich aus dem Wasser, sind alle im Wasser gedachten Gedanken wieder weg.
Auf mich trifft zu, wovon der erste Kurarzt von Velden am Wörthersee, Gottfried Engstler d. Ä., schon 1905 berichtet, nämlich „von der günstigen Wirkung der Seebäder auf alte Leute. Die Ärzte aus unserer Reichshauptstadt Wien schicken von Jahr zu Jahr mehr Patienten nach Velden. Es ist eine Freude zu sehen, welche Wirkung schon eine Badesaison auf bejahrte Kurgäste ausübt – der Gang wird elastischer, die Gesichtsfarbe frischer, das ganze Gehaben jugendlicher. Zugleich ist auch eine beträchtliche Gewichtszunahme zu verzeichnen.“ Leider, leider.

Am meisten hätte ich bei meiner Silvesteransprache von der Ostbucht des Sees zu erzählen gehabt, von *meiner* Bucht, die gleichzeitig Start und Ziel all meiner Touren ist: Gar nicht nur vom Strandbad und vom Sommer, wenn das ganze Ufer bei Musicalvorstellungen auf der Seebühne und großen Sportveranstaltungen in eine weiße Zeltstadt verwandelt ist und in einem fort Tribünen aufgezogen und niedergerissen werden; wenn fünftausend Voyeure die ganze Nacht vor dem im Nu herbeigezauberten Strandbadstadion campieren, um anderentags Einlass zu finden, um La Ola, die Welle zu machen, dem Stadionsprecher und Hobbymassenhypnotiseur im Fünftausenderchor folgsam die Parole „That's the way aha-aha I like it" nachzugrölen und sich als barbäuchiges Partikel der dressierten Tribünenmasse einmal pro Stunde von einem Feuerwehrschlauch abspritzen zu lassen: All das subsumiert man unter *südländischer Begeisterung*. Immer wieder ruft der Sprecher in ohrenbetäubender Lautstärke *Clap your hands to the rhythm* oder *Drrrei, zwooo, eins die Welle!* oder *Are you ready??* Immer wieder antwortet das Publikum wie aus einer Kehle: *Wrmssroahhhfftss!!* Was soll es schon anderes sagen? Nicht alle können trotz Fun and Wellness Englisch.

Nicht nur von den „Mondscheinnostalgiefahrten" der *Thalia* an den Donnerstagabenden im Sommer könnte ich erzählen, wenn die lässigen Alten jeden Alters an Deck tanzen und die „Wörtherseer" aufspielen: *Pigalle* stimmen sie an, *Veronika, der Lenz ist da*, *Seemann, lass das Träumen*, *An der Nordseeküste* und, auf der Höhe von Maria Wörth, *Ein Prosit der Gemütlichkeit*. Höhepunkt ist aber immer der Deliriumsjodler der „Rose vom Wörthersee". Zwei, drei Saisonen noch, dann hat der Band-

leader der „Wörtherseer“ genug verdient, um sich seinen Lebenstraum zu erfüllen: Einen Swimmingpool vor der Haustür. Zu erzählen gehabt hätte ich auch vom zuerst bunten, dann kahlen Herbst, wenn die milchige Sonne schon am frühen Nachmittag hinter der Mahlervilla verschwindet, Nebel aus dem Wasser steigt und wie ein Deckel über dem See liegt, die Promenade den Spaziergängern und Entenfütterern überlassen bleibt und ein alter, dicker Maronibrater mit Filzhut und schriller Stimme weit und breit der einzige Gastronom am Ufer ist; vom Bangen und der vagen Hoffnung im Winter, dass der See zufriert und man auf Schlittschuhen nach Krumpendorf oder Reifnitz oder vielleicht einmal gar bis nach Velden fahren kann: Diese Hoffnung auf die Eissensation erfüllt sich aber allerhöchstens alle zehn Jahre einmal. Manchmal friert der See auch nur für einen einzigen Tag zu, und wenn man tags darauf – und sei es nach einer strengen Frostnacht – mit Schlittschuhen ans Ufer kommt, ist er zur Enttäuschung des freischaffenden Seebeobachters wieder offen. Der See narrt die Eiswissenschaftler. Launisch wie eine Diva ist er. Der See macht was er will.
Ich hätte vielleicht etwas zur Albatrosvilla sagen können, diesem Prachtbau des Wörtherseearchitekten Baumgartner am Anfang des Nordufers. In einem Anfall von Übermut habe ich im Feuilleton der lokalen Zeitung schon einmal angekündigt, diese Villa kapern zu wollen: Man verwechselt, wie ich gelesen und geschrieben habe, Jazzsaxophonisten und Eishockeyspieler in diesem Land aufgrund der Namensgleichheit Puschnig. Ob auch der Dichter Jonke mit dem gleichnamigen Ruderer verwechselt wird, weiß ich nicht: Aber man

könnte sich die Namensgleichheit zunutze machen, Gert Jonke beim Ruderverein Albatros einschreiben und hoffen, dass den Mitgliedern kein Unterschied auffällt. Nach und nach könnte Jonke alle Schriftsteller, Künstler und Künstlerinnen dieses Landes einschleusen und ein bisschen tarnungsrudern. Bei der nächsten Generalversammlung putschen wir dann ohne jede Vorwarnung den Verein und wählen uns selbst in den Vorstand, machen aus der Albatrosvilla das Kärntner Künstlerhaus und schreiben in großer roter Neonleuchtschrift *La Bohème* hinauf.

Rudern ist dann ab sofort strengstens verboten; dafür aber richten wir Ateliers, Schreibwerkstätten und natürlich eine Bar ein, spannen Girlanden zwischen den Bäumen auf der Strandwiese, hängen Lampions auf und feiern Laternenfeste ohne Ende. Wolfgang Puschnig bläst auf seinem Saxophon die Jazzversion von *Is schon still uman See*; vielleicht lässt er sich zu deinem *I tua wol* auch noch überreden. Ich stehe am Balkon und lese diese Geschichte vor; zu meiner Linken ein alter Dichterfreund, der sich mit homerischem Husten die dünnste Zigarette der Welt anzündet und mir mildtätig ein wenig Tabakduft ins Nasenloch bläst. Um Mitternacht hechten die jungen Dichterinnen in leuchtend roten Bikinis ins Wasser und schwimmen in die Finsternis. Wir warten am Ufer mit Frotteehandtüchern und Southern Comfort auf sie. Wir eröffnen ein Open Art House am See: Ob jung, ob alt, ob blond, ob braun: hereinspaziert, hereinspaziert!

In hundert Jahren stehen wir alle, in Bronze verwandelt, auf der Strandwiese: Jonke mit Bronzeruder, Puschnig mit Bronzesaxophon, der Kreuzlbergl-Cioran mit Bronzezigarette. Mir bitte auch eine in den Mundwinkel, postum kann es ja nicht mehr schaden. Noch immer leuchtet *La Bohème* rot von der Fassade, aber die Villa ist ein Museum, Kulturtouristen drängen sich davor. Der Führer erzählt etwas von uns Klassikern, vom so genannten Wörtherseekreis, vom legendären Putsch vor hundert Jahren und wie viel Glück er der Stadt gebracht hat. Er ist von Japanern und Amerikanern umzingelt, die Fotoapparate blitzen; „Sie haben sich beim Joggen überanstrengt," sagt der Stationsarzt, „sind vor der Albatrosvilla zusammengebrochen und haben das Bewusstsein verloren. Aber Sie haben Glück: nichts Ernstes!"

So ausgelassen war ich einmal. Ich hätte natürlich auch noch alle anderen eingeladen, sich als Bronzefiguren zu uns auf die Wiese zu gesellen: Bachmann, Mahler, Brahms, Black, Pernhart, Julius Rainer, Franz de Paola und natürlich dich, Ottilie. Aber recht bald nach dem Erscheinen der Putschgeschichte ist es dann leider doch sehr ernst geworden, und jetzt ist mir der Schöpfungsspaß vergangen. Bis heute gehört die Albatrosvilla den Ruderern, nicht den Künstlern, und wer immer vorbeispaziert, kann an der Zauntür lesen, dass Unbefugten der Zutritt verboten ist. Ich werde, wenn überhaupt, einen Bronzeast zwischen den Lippen haben.

Ich hätte bei meiner Silvesteransprache am Wörthersee aber vielleicht auch erzählen können, dass wenige Tage vor dem Jahresende, am Abend vor dem Heiligen Abend, am Metnitzstrand bei der Schiffsanlegestelle das traditionelle Christbaumversenken der Österreichischen Wasserrettung stattfindet, und gut zweihundert frierende Schaulustige sind dabei. Jedes Jahr steigen knapp vor

Weihnachten zwei Dutzend Taucher in schwarzen Taucheranzügen mit brennenden Kerzen in der Hand in den nächtlichen See und schwimmen mitsamt einem Christbäumchen mit roten und grünen Elektrokerzen zwischen den Schwänen, die hier gefüttert werden, etwa zwanzig Meter in den See hinaus, um dort für alle in diesem Jahr im See Ertrunkenen oder sonst wie Verunglückten oder im Wasser Gebliebenen diesen Christbaum feierlich zu versenken. Heuer ist gar niemand ertrunken; der Christbaum wird aber trotzdem versenkt. Während das Bäumchen im Wasser verschwindet, singt der Klagenfurter Stadtchor *Wo is denn im Schnee noch a Wegle zu dir?* Pater Anton, der Landeskrankenhausseelsorger mit seiner russischen Patriarchenpelzmütze am Kopf, und auch der Stadtrat für Sport und Tourismus, ein berüchtigter und gefürchteter Rhetor, halten Ansprachen. Die Rede des Stadtrats beginnt so: „Namens des Bürgermeisters freue ich mich sehr, dass ihr hier einen Christbaum versenkt." Und sie endet mit einem Zitat von Karl Heinrich Waggerl: „Erst wenn wir ärmer werden, werden wir reich. In diesem Sinn wünsche ich namens der Stadt Klagenfurt Fröhliche Weihnachten." Politisch treffender kann man es eigentlich gar nicht formulieren. Wirklich blöd geschaut haben nur die Schwäne.
Zwischendurch kehrt der Stadtrat den Historiker heraus und erklärt dem fröstelnden Publikum hier am Steg, dass der erste Christbaum in Klagenfurt 1852 am Alten Platz aufgestellt worden ist – fünf Jahre nachdem du ertrunken bist, Ottilie, fünf Jahre zu spät. Du bist beim traditionellen Christbaumversenken der Österreichischen Wasserrettung Einsatzstelle Klagenfurt leider

noch leer ausgegangen. Wenn du willst, Ottilie, nimm den heurigen Baum. Ich habe den Ausführungen des Stadtrats nicht weiter zugehört, sondern mir gedacht, zu all den großen, fortschrittlichen Dingen, ohne die du in deinem kurzen Leben auskommen musstest und die ich hier aufzuzählen versucht habe, muss ich noch eines hinzufügen: den Christbaum! Der hätte dir gefallen! Der allererste, zarte Ansatz von Lichttherapie. Und so, dachte ich, hätte ich den Kreis, den ich an dem trüben Dezembertag im verwunschenen Biedermeierörtchen Maria Wörth bei deinem Grabstein hinter der Kirche eröffnet habe, hier am Metnitzstrand beim Christbaumversenken im Gedenken an dich wieder schließen, und diese Rede am See über den See hätte eine schöne, runde Sache werden können.

Aber nach Hause gekommen, packten mich wieder Gasbauch und Herzenge und Panik. Wie so oft machte mir der kaputte Klumpen in meiner Brust Angst, es könnte jetzt jeden Augenblick unvermutet aus sein mit mir. Jeden Augenblick könnte ich explodieren oder implodieren und jedenfalls auf der Stelle tot umfallen. Nach einer halben schlaflosen, wie so oft in bangem Selbstbeobachtungsmartyrium zugebrachten Nacht nahm ich völlig erschöpft zwei Beruhigungspillen, und am Morgen waren Gedanke, Worte, Werk und die Pläne dazu zerbröselt und restlos aus meinem Kopf gefallen, sodass ich mich, meine Süßholzwurzel zwischen den Zähnen, schließlich entschieden habe, gar nichts vom See und all dem Unglück und all den Unglücklichen und verlorenen Seelen um ihn herum zu sagen, sondern als Silvesteransprache auf dem See einfach einen alten, aber zeitlosen Text über Jahreswechsel zu nehmen: Denn die

Jahreswechsel ändern sich nicht, und daher auch nicht die Resümees. Das abgelaufene Jahr war ein Jahr des Schreckens: Mit dieser Diagnose hat man immer recht. Das Jahr davor war auch schon ein Jahr des Schreckens, der Krisen und der Kriege, der Insolvenzen, Katastrophen und Tragödien. Und das davor. Und das davor. Moll, Moll, Moll. In die Zukunft kann man am Jahresanfang trotzdem optimistisch schauen – das ist nicht verboten, auch wenn der Optimismus ein kontrollierter und vorsichtiger Optimismus sein sollte. Auf den Optimismus muss man gut aufpassen, damit er nicht in Brüche geht. Auf den Pessimismus muss man gar nicht aufpassen, der sorgt für sich selber, dem kann gar nichts passieren. Wer jedoch am Jahresende optimistisch in die Vergangenheit schaut, dem ist nicht mehr zu helfen, der ist einfach ein Trottel. Davon also spricht der Text, den vorzutragen ich mir vorgenommen habe. Man kann so tun, als ob nichts wäre. Aber wie man das schwere Herz erträgt, das frage man besser nicht!
Als ich in der Silvesternacht, wie verabredet, eine Stunde vor Mitternacht am Lendspitz auf der Halbinsel Loretto mit meinem Manuskript in der Hand eingetroffen war, warteten, wie die Zeitung zwei Tage später schrieb, an die tausend Gäste auf mich, die diesen Stillen Silvester feiern und dabei meine Ansprache hören wollten. Auch die Fackeln, die beschnittenen Holzstämme und das knisternde Lagerfeuer in den großen Blechschüsseln waren da. Nur der Impresario der Veranstaltung fehlte und ließ mich im Menschentrubel eine gute halbe Stunde lang ohne jede Erklärung oder Entschuldigung warten. Als er schließlich auftauchte, wankte er im Abstand von einem Meter an mir vorüber, ohne mich überhaupt

zu bemerken. Erst als einer der Besucher den Impresario auf meine Anwesenheit aufmerksam machte, kam er mit seligem, vor allem aber bierseligem Gesichtsausdruck, immer wieder seinen Schwerpunkt suchend, zu mir zurück und lallte mich an, er freue sich, dass ich auch hier bin. Da habe ich mir gedacht: Ich lasse den Kerl und die tausend Besucher hier stehen, sage kein Wort und gehe. Aber mein unerklärter Abgang wäre ja nicht nur auf ihn, den Veranstalter, sondern auch auf mich zurückgefallen. Rudern könne er in seinem Zustand heute Nacht freilich nicht mehr. Er werde sich um einen Ersatz umsehen, lallte er, aber zuallererst brauche er unbedingt noch ein großes Bier. Und damit war er wieder weg. Da war es dreiviertel zwölf, und laut Plan hätte ich mit meiner Silvesteransprache am See schon wieder fertig sein müssen.
Ich stand allein und verlassen und hilflos am Steg, von tausend erwartungsvollen Menschen begafft, und immer wieder rief einer aus der Menge: „Egyd, lies!" „Steig ins Boot, Egyd!" „Rudere hinaus, Egyd!" „Was ist los, Egyd?!" „Egyd, warum liest du nicht?!" Jetzt eine Zigarette! Ein Königreich für eine Zigarette! Für einen Brustzug! Die Leute dachten wohl, ich sei Künstler und Veranstalter in einem. Ich sei hier nicht der Sitzengelassene, sondern der, der sein Publikum sitzen lässt! Ich sei als Künstler selbstverständlich Artist und Akrobat. Ich sei also einer, der ohne jede Hilfe ganz allein in der Lage ist, ein im schwarzen Wasser schaukelndes Ruderboot zu besteigen, ohne das Gleichgewicht zu verlieren und samt Wintermantel und Kappe ins Eiswasser zu kippen. Ich sei außerdem einer, der mit seinen zwei Händen ganz selbstverständlich zugleich zwei Ruder, eine Ta-

schenlampe, ein Mikrophon und ein Manuskript halten kann! Ich hatte aber noch gar kein Mikrophon, mit dem ich den Schreihälsen im Publikum antworten, die Situation erläutern und ihnen hätte erklären können, dass ich nicht du bin, Ottilie. Als schließlich doch noch ein Ersatzruderer zu mir auf den Steg kam, war es zehn Minuten vor Mitternacht. Es stellte sich nun aber heraus, dass keine Ruder vorhanden waren. Als schließlich zwei Ruder organisiert waren, stellte sich heraus, dass keine Taschenlampe vorhanden war, ich ohne Taschenlampe draußen in der Dunkelheit des Sees aber nicht einmal die Hand vor Augen, geschweige denn die Buchstaben meines Manuskripts würde sehen können. Als schließlich sowohl zwei Ruder als auch eine Taschenlampe als auch ein Richtmikrophon, das aber, wie sich später herausstellte, nicht richtig funktionierte, organisiert waren, stellte sich heraus, dass das Ruderboot mit einem Kettenschloss am Steg festgemacht war, zu dem niemand einen Schlüssel hatte, auch der sternhagelvolle Stillesilvesterveranstalter nicht. Da war es fünf vor zwölf.
Nachdem es dem Ersatzruderer gelungen war, die Kette, an der das Boot hing, mit brachialer Gewalt zu zerbrechen, nachdem er mir ins Boot hineingeholfen und mich auf den See hinausgerudert hatte, und als er mir endlich das Mikrophon unter die Nase hielt, damit ich mit meiner Ansprache beginnen konnte, war es Schlag zwölf: Das neue Jahr hatte in diesem Augenblick begonnen, und wenngleich nicht beim Stillen Silvester auf Loretto, so wurden nun doch rund um den See Raketen und Freudenfeuerwerke gezündet, sodass es auch in der Bucht von Loretto noch laut genug war. Es krachte und töste so gewaltig, dass man mich am Ufer auch dann

nicht verstanden haben würde, wenn das Mikrophon funktioniert hätte. Nach der peinlichen Verzögerung und Verspätung hatten mich die tausend Besucher aber ohnehin längst abgeschrieben, zählten die letzten Sekunden des alten Jahres herunter, prosteten einander zu, beglückwünschten sich, tanzten den Donauwalzer, beachteten mich nicht weiter und ließen mich draußen in der Dunkelheit des Sees mit meiner unhörbaren Silvesteransprache allein.

10

Als ich im folgenden Jahr am Abend des 26. September zu dir nach Maria Wörth fuhr, um nachzusehen, ob irgendwelche Hinweise auf deinen Todestag zu finden sein würden (ich hatte deinen Todestag gleich am Jahresanfang in meinen Kalender eingetragen und diesen Lokalaugenschein nach Einbruch der Dunkelheit also fast ein Jahr lang geplant), fand ich den Ort ebenso verlassen und verbarrikadiert vor wie am Nikolotag im Jahr zuvor. Die Hotels am See waren nicht bloß geschlossen, sondern offenbar bereits eingewintert, alle Parkplätze leer und kein Mensch auf der Straße. Dem Herbstanfang entsprechend war es gegen neun Uhr schon dunkel und kühl. Die Saison war vorbei. Zwei am Kirchfriedhof zwischen den Gräbern montierte Flutlichter hüllten die Kirche von Maria Wörth in mattes Gelb, sodass auch dein Gedenkstein fahl beleuchtet war. Von der Schiffsanlegestelle aus sieht man die Straßenbeleuchtung des Nordufers, und erleuchtete Häuser spiegeln sich im dunklen Wasser. Auch Zuggeräusche dringen herüber und man sieht die vorbeiziehende Kette mit den vielen kleinen hellen Vierecken in der finsteren Nacht. Der See ist schwarz und glatt und ruhig, nur manchmal gluckst und klatscht es an verschiedenen Stellen. Das werden Forellen oder Reinanken sein. Die Schiffe der Wörtherseeflotte sind Ende September nicht mehr unterwegs, jedenfalls nicht zu planmäßigen Mondscheinfahrten.

Eineinhalb Jahre sind nun seit meinem Herzinfarkt vergangen. Eineinhalb Jahre bin ich nun untot und tue nichts, als mit meiner unerlösten Seele immer wieder um den See zu fahren. Eineinhalb Jahre sind eine lange Zeit, und nach und nach schleifen sich Gewohnheiten ein, die zu Lebensnotwendigkeiten werden: Drei Tage, bevor ich eine Lesung oder einen Auftritt habe oder sonstwie gesellschaftsfähig werden muss, setze ich die Medikamente ab, denn nach drei Tagen haben sich die Flatulenzen und die Blähungen und die Afterentzündungen gelegt, und ich kann mich frei und schmerzlos, lautlos und geruchlos unter Menschen bewegen. Das ist in meinem Fall riskant und lebensgefährlich. Aber noch kein Arzt hat mir in diesen eineinhalb Jahren einen besseren Rat gegeben. Und gefragt habe ich viele. Es ist nichts besser geworden, und es wird nichts besser. Letztlich ist man allein, verlassen. Man kann mit noch so vielen Menschen zusammen sein: Mit seinem Körper ist man immer allein. Mit seinem Körper lebt man allein. Mit seinem Körper leidet man allein. Mit seinem Körper geht man allein unter. Alle drei Monate lasse ich mir Blut abnehmen: Die Cholesterin- und Triglyceridwerte passen noch immer nicht. Zuletzt sind auch die Leberwerte sehr schlecht geworden: Das kommt von den vielen Medikamenten, das weiß auch der Arzt. Seine Augen sagen: „Ich weiß ja, dass Sie an den Medikamenten sterben. Aber ohne Medikamente sterben Sie!“ Alle sechs Monate steige ich beim Kardiologen auf ein Fahrrad ohne Räder und fahre in seinem Besenkammerl nach Maria Wörth. Jedesmal ist der Kardiologe ganz erstaunt, wie gut ich das kann. Jeden Tag fehlt mir die Zigarette, die Leib und Seele zusammenhalten könnte. Es ist nichts besser geworden, und es wird nichts besser. An langen Winterabenden daheim am Kamin sammle und katalogisiere ich die Schlaganfälle und Herzinfarkte anderer Leute, von Willi Dungl bis Karl Moik und von Günther Mader bis Marc Vivian Foe. Mein Herzinfarktleitzordner ist zum Platzen voll: Der Volksbankengeneral, der bei einem Belastungstest im Rahmen einer Gesundenuntersuchung beim Besenkammerlradfahren sechzigjährig an einem Herzanfall gestorben ist. Der Präsident des Schwimmverbandes während der Europameisterschaften im Hotel Abbas Sant in Barcelona, 59-jährig. Der Büchsenmacher aus Ferlach, der mit einem befreundeten Ehepaar eine Wanderung zum alten Grenzübergang unternommen, dabei einen Herzinfarkt erlitten hat und in unwegsames Gelände abgestürzt ist; die Flugärztin konnte nur noch den Tod des 44-Jährigen feststellen. Ein deutscher Kärntenurlauber, der auf der Trogkofelabfahrt in der Schiarena Nassfeld einen Herzinfarkt erlitten hat; sofort eingeleitete Wiederbelebungsmaßnahmen nützten nichts mehr. Der 43-jährige Mann war in Begleitung seiner Gattin. Während der Fahrt auf der Autobahn zwischen Klagenfurt und Villach erlitt ein tschechischer LKW-Fahrer einen Herzinfarkt und starb; der LKW schlitterte in der Folge an der Betonwand entlang, kam aber nach hundertfünfzig Metern neben der Überholspur auf dem Grünstreifen zum Stillstand. Der jugendlich wirkende 62-jährige Primar an der Urologischen Abteilung des Landeskrankenhauses erlitt am Freitagabend in seiner Praxis einen Herzinfarkt; er wurde sofort ins Landeskrankenhaus eingeliefert. Trotz Wiederbelebungsversuchen starb er kurze Zeit später. Verwandte, Freunde und Kollegen sind erschüttert über den unerwarteten Tod. Und ich ertappe mich dabei, dass ich mich als Überlebender, als Gewinner fühle: Je jünger ein Opfer, je gesünder es gelebt hat, je unverständlicher sein Herzinfarkt, desto größer mein Sieg – auch der gegen die Medizin. Meine eindrucksvollsten Triumphe sind die Nichtraucherherzinfarkte und die Nichtraucherschlaganfälle. Man wird, wenn man selbst einmal Opfer gewesen ist, als Daueruntoter schlecht, hart, niedrig und gemein. Freilich ist jeder Sieg nur einer auf Zeit, und jeden Augenblick kann es passieren, dass ich verliere – und alle diese perversen Siege der Niedrigkeit gegenstandslos werden.

Eine Liste von Hotelzimmern, in denen ich seit meinem Infarkt gewesen bin, in denen ich in der Nacht keinen neuen Anfall erlitten habe und nicht gestorben bin. Die Liste wird immer länger, und doch gibt es von Hotelzimmer zu Hotelzimmer keinen Fortschritt. Es ist nichts besser geworden, und es wird nichts besser: In jedem wache ich mitten in der Nacht auf, kann vor lauter Angst nicht mehr einschlafen und quäle mich, den Kopf im Kopfpolster vergraben, mit pochendem Herzen dem Morgen entgegen. Jedes neue Hotelzimmer könnte eine tödliche Falle sein.

Eine Liste von Dichtern, die nicht so alt geworden sind, wie ich jetzt schon bin: Mit 23 Jahren sind Georg Büchner und Carlo Michelstaedter gestorben. Mit 26 Jahren Wolfgang Borchert. Mit 27 Georg Trakl. Mit 31 Norbert C. Kaser. Mit 32 Konrad Bayer. Mit 34 Heinrich von Kleist. Mit 35 Christian Dietrich Grabbe und Werner Schwab. Mit 37 Ödön von Horváth. Mittlerweile kommen auch Jack London, F. Scott Fitzgerald und Jaroslav Hašek dazu, die 40 Jahre geworden sind, dazu, außerdem Franz Kafka und Gunter Falk, die mit 41 gestorben sind. Als nächstes nehme ich Cesare Pavese (42), Guy de Maupassant, Christian Morgenstern (beide 43), An-

ton Tschechov (44) und Kurt Tucholsky (45) in Angriff. Dann kommen Schiller und Bachmann. Die jüngste in meiner Totentabelle bist freilich du mit deinen 22 Lebensjahren, Ottilie.
Eine Liste von Menschen, die ein noch viel schlimmeres Schicksal haben oder hatten als ich. Mir geht es besser als den Schlaganfällen meines Alters, die nicht nur ihre Schöpfungsfähigkeit, sondern tatsächlich ihre Sprache eingebüßt haben, ihre Beine hinter sich herziehen und nicht mehr mit dem Fahrrad um den Wörthersee radeln können. Mir geht es besser als den Krebspatienten meines Alters, besser als den Blinden und den Gelähmten. Mir geht es besser als dem kleinen Jungen der bayrischen Familie im Hotelzimmer am Gang gegenüber beim letzten Adriaurlaub: Der ist sechs Jahre alt und am Wachstumsstand eines Dreijährigen. Er darf noch nicht zur Schule gehen. Er hat so viele angeborene Herzfehler, dass man sie gar nicht zählen kann, und es ist ein Wunder, dass er überhaupt noch lebt. In Deutschland will ihn niemand operieren, in ganz Europa nicht. Zehn heikelste Herzoperationen in Amerika hat er hinter sich. In ganz Amerika war der Bub schon, aber immer und überall nur am Operationstisch, immer und überall nur in Vollnarkose, und gleich nach der Adria geht's wieder nach Amerika zur Herzoperation Nummer elf. Dieser Bub wird nie im Leben eine Zigarette rauchen, vielleicht nie im Leben eine Frau haben, nie Kinder, und er wird womöglich auch nie ein Buch schreiben. Es wäre ein Wunder, würde er je so alt werden, wie ich heute schon bin. Der Bub weiß das und scheint doch dankbar für jeden Tag zu sein, an dem er aufwacht und lebt.

Mir geht es auch besser als deiner Dissertantin, Ottilie: Die war schon in Pension, als sie studiert hat. Und kaum war ihre Dissertation über dich fertig und gebunden gewesen, ist ihr Sohn bei einem Unfall in den Vereinigten Staaten ums Leben gekommen. Er war genauso alt wie ich. Deiner Dissertantin ist es ergangen wie deinem Vater, Ottilie: Es ist nicht gut, wenn die Kinder vor ihren Eltern sterben und die Eltern ihre Kinder begraben müssen. Kinder sind dazu da, für ihre Eltern unsterblich zu sein. Mir geht es viel besser als dem Vater der befreundeten Fernsehredakteurin, ein Ausbund an Gesundheit, der wie ich mit dem Rad oft und oft um den Wörthersee gefahren ist. Bei Maria Wörth hat einer in seinem am Straßenrand parkenden Wagen genau in dem Moment gedankenlos die Fahrertür geöffnet, in dem der Vater der Redakteurin vorbeigeradelt ist – eine Szene wie aus einem Klamaukfilm und fast zum Lachen –, nur dass der Vater der Redakteurin einen Salto gemacht hat und mit dem Hinterkopf am Asphalt aufgeschlagen ist. Seit diesen zwei, drei Sekunden, die sein Leben zufällig zerstört haben, seit fast drei Jahren vegetiert der Mann im Wachkoma in einem Pflegeheim, unansprechbar. Die Prognose kann und muss man wagen, dass der Mann nicht mehr aufwachen wird bis zum letzten Tag seines Lebens. Seine Tochter hütet das Haus des Vaters, aber mit dem Vater wird sie nie mehr sprechen können. Vor dem Unfall hat der Mann bei der Flugambulanz gearbeitet. Ausgerechnet nach seinem Unfall war kein Hubschrauber frei. Wer weiß, ob ihm der Hubschrauber geholfen hätte. Eher nicht. Seine Tochter hat gerade einen Film über die Schönheit unseres Landes gedreht, als man sie von dem

Unglück unterrichtet hat. Mir geht es besser. Mir geht es besser.
Mir geht es besser als der vierundvierzigjährigen Römerin, die in den frühen Morgenstunden des Faschingsdienstags in einem römischen Krankenhaus gestorben ist. Mir geht es besser als dem sardinischen Herzpatienten, der vom Tod der Römerin insofern hätte profitieren können, als er im Krankenhaus von Cagliari am Faschingsdienstagmorgen, von einem Operationsteam umringt, bereits mit geöffnetem Brustkorb auf dem Operationstisch auf ihr Spenderherz wartete. Mir geht es besser als dem Klagenfurter Piloten, der dieses in einem Behälter aufbewahrte Spenderherz zusammen mit den drei angesehensten sardinischen Herzchirurgen in einer Cessna 500 Citation, einer Maschine im Besitz einer italienischen Firma, aber unter österreichischer Kennung, am frühen Faschingsdienstagmorgen von Rom nach Cagliari geflogen hat, im Landeanflug aber plötzlich in heftige Turbulenzen geraten, von den Radarbildschirmen verschwunden und als Feuerball ins Gebirge gestürzt ist. Der Klagenfurter Pilot und die sardinischen Herzchirurgen starben. Der Behälter, in dem das Organ aufbewahrt war, ging beim Aufprall zu Bruch. Das Spenderherz wurde später zwar gefunden, war aber nicht mehr transplantationstauglich. Das Herz musste schweren Herzens weggeworfen werden. Der Brustkorb des Patienten in Cagliari musste wieder zugenäht werden, und der Patient brach in Tränen aus, als man ihm erzählte, was während seiner Narkose passiert war. Mir geht es besser. Mir geht es besser. Mir geht es besser als der Klagenfurter Religionslehrerin, die am Faschingsdienstagmorgen erfuhr, dass ihr Mann und

der Vater ihrer vier Kinder über den Bergen vor Cagliari abgestürzt und gestorben ist. „Glück ab. Gut Land" steht in seiner Parte. Als sein Sarg am Friedhof Annabichl, einen Steinwurf vom Grab der Bachmann entfernt, langsam in die Erde gesenkt wurde, stiegen seine Fliegerkameraden vom Motorfliegerclub Kärnten am Flughafen schräg gegenüber auf und zogen mit ihren Flugzeugen Gedenkschleifen über seinem offenen Grab.
Mir geht es besser. Mir geht es besser. Mir geht es besser. So abscheulich wird man, wenn man selbst einmal ein Opfer gewesen ist. Es gibt immer noch viel katastrophalere Katastrophen als die eigene: Dazu sind sie ja da. Ich sammle Katastrophen, damit es mir besser geht. Und so verwenden meine Freunde mich.
Mein Spanienroman mit der Beschreibung meines Herzinfarkts war mittlerweile erschienen. Ich war damit viel auf Lesereisen im Land unterwegs, sodass der Bruch in meiner Existenz, meine literarische Windstille, mein abruptes Schriftstellerende den Lesern gar nicht auffallen konnte. Der Verkauf meines Buches war freilich nicht so, dass sich der Herzinfarkt wirklich rentiert hätte. Die Besprechungen fielen aber geradezu überschwänglich aus. Die meisten Kritiker konzentrierten sich dabei einerseits auf den Rollenspielreichtum und die artistische Verknüpfung der Erzählebenen, andererseits auf die Herzinfarktpassage und nannten sie das Meisterstück des Romans. Wo ich sie jedoch vorlas, entstand danach oft betretenes Schweigen. Niemand wollte sich die Blöße geben, sich ganz naiv nach meinem werten wahren Befinden zu erkundigen. Ich hätte gelogen. Die Wahrheit kann man nicht sagen, schon

weil die Wahrheit viel zu lang ist. Bei Lesungen in größeren Städten hielten Literaturwissenschaftler coram publico Einführungsvorträge. Am meisten berührt hat mich der in Linz: Der Wissenschaftler, der meinen Roman, aber nicht mich kannte und auch nichts von meinem Leben wusste, kam in seiner Rede mit scheinbar unwiderlegbaren Argumenten zu dem Schluss, dass der – vom realen tödlichen Herzinfarkt Unamunos ausgehende – beschriebene Herzinfarkt des Icherzählers Gstättner eine vollendete literarische Fiktion sei. Da war ich aber wirklich erleichtert, dass es mir endlich doch gelungen war, mit Hilfe der Literatur die Wirklichkeit einzurexen, rückgängig und ungeschehen zu machen. Endlich der Status quo ante! Ich hatte meinen idealen Leser gefunden. Ein paar Stunden später im Linzer Hotelzimmer habe ich dann aber doch wieder Panikattacken und eine fürchterliche Herzenge bekommen und mir die halbe Nacht lang eingebildet, dass ich sterben müsse. Es ist nichts besser geworden, und es wird nichts besser.

Unten bei der Schiffsanlegestelle ist an einen Holzpflock ein Tretboot angebunden, und auf einem Schild sind die Preise für Bootsfahrten um den See aufgelistet, Nachtfahrten nach Vereinbarung. Nur ist niemand da, mit dem ich eine solche Nachtfahrt vereinbaren könnte, und ich werde mich hüten, ausgerechnet heute allein dieses Boot zu besteigen und auf den nächtlichen See hinauszufahren. Ich habe einen sehr langen Tag hinter mir, Ottilie, drei Tage hat dein Todestag für mich gedauert. Jetzt bin ich müde und erschöpft und schlafe beinahe im Stehen ein. Aber ich wollte dich unbedingt genau an diesem Tag und zu dieser Uhrzeit besuchen, um, wie ich

es ja erwartet hatte, mit eigenen Augen zu sehen, dass nichts zu sehen ist.
Ich war, musst du wissen, heute morgen schon ein Punkt am Himmel über dem Wörthersee. Ja, stell dir vor, Ottilie, ich bin geflogen! Zum ersten Mal, nachdem mich der Ambulanzjet nach Österreich zurückgebracht hat, bin ich wieder in einem Flugzeug gesessen und in den Himmel aufgestiegen! Nach eineinhalb Jahren! Ich habe mir gedacht: zum Fliegen kann ich mich zwingen; und wenn es stimmt, dass Fliegen und Rauchen und Schreiben eins sind, dann gelingt mir, wenn mir das Fliegen gelingt, vielleicht auch das Rauchen wieder. Und das Schreiben. Das Komponieren von Geschichten. Vielleicht gelingt mir meine Auferstehung. In der Nacht vor dem Abflug ist es mir freilich nicht gelungen, auch nur ein Auge zuzutun und auch nur eine Minute Schlaf zu finden vor lauter Aufregung und Angst, aber diesmal nicht vor Absturzangst, sondern aus Angst vor einem plötzlichen neuen Anschlag meines eigenen Herzens, aus Angst vor einem plötzlichen eiskalten Versagen meiner Existenz in der Fremde. Wenn ich Angst habe, spüre ich das Herz vorne und hinten im Rumpf, und ich habe es gespürt die ganze Nacht lang und den ganzen Tag. Man kann nicht in Deckung gehen, wenn dein Kritiker in dir ist. Und man kann nicht den Renitenten geben und zurückreden, auch wenn er dich zu Tode kritisiert. Schwindlig, erschlagen, erschöpft und voller Furcht, von diesem Abenteuer nicht wieder heimzukehren, war ich auf dem Weg zum Flughafen Wörthersee, und während meine Frau mich beim Abschied um die Möglichkeit zu fliegen beneidete, beneidete ich sie um die Gnade des Daheimbleibendürfens. Aber ich bin

aufgestiegen, ich bin hochgekommen, ich habe die Welt von oben gesehen, und ich bin wieder gelandet: Ich habe die Mutprobe bestanden, Ottilie!
Da ich ja seit eineinhalb Jahren keine literarischen Pläne mehr geschmiedet, außer Glossen nichts mehr geschrieben hatte und mir aufgrund der Art und Weise meines jetzigen Unlebens auch nicht mehr wie ein Schriftsteller vorgekommen war, war es der erste Flug meines Lebens, bei dem ich nicht in einer literarischen, ja nicht einmal in einer persönlichen Angelegenheit unterwegs war. So war das Ziel meiner Reise zufällig, nämlich die Stadt Rotterdam, und der Anlass war lächerlich und nichtig: ein Fußballspiel. Niemals in meinem ersten Leben bin ich wegen irgendeines Fußballspiels irgendwohin geflogen. Aber der wahre Grund war ja ein ganz anderer, auch wenn ich zuerst im Flugzeug, dann in einem Autobus und dann in einem großen Stadion voller Fans saß, die sangen und tranken, ihre Idole anfeuerten und sich bestimmt nicht mit der absurden Frage quälten, ob sie diesen Tag überleben würden oder ob dieser 25. September hier in der Fremde ihr Todestag werden könnte. Und so wie keiner ans Sterben dachte, dachte auch keiner an Auferstehung. Alle dachten bloß an Aufstieg oder Niederlage. Für sie war es ein Urlaubstag und ein ganz selbstverständliches Vergnügen, keine Mutprobe, keine Prüfung, kein Hochseilakt, kein waghalsiges Überlebenstraining. Um mich kümmerten sich die Schlachtenbummler beim Schlachtenbummel nicht weiter. Nur einer im Flugzeug wollte wissen, was denn die Wurzel in meinem Mund zu bedeuten habe. Dass ich beim Hinflug, bei der Busfahrt durch Holland, bei der Stadtrundfahrt, beim Abendessen im Café Rot-

terdam am Hafen, im De Kuip-Stadion und am Rückflug die Hand nicht einen Augenblick vom Nitrolingualspray in der Hosentasche genommen habe, ist sicher niemandem aufgefallen. Der wahre Grund meiner Reise war nicht ein Fußballspiel. Der wahre Grund war: Kampf gegen die Angst, Kampf gegen das Trauma, Sieg über mich selbst. Der wahre Grund war: fort, fort, nur fort! Weg von Unterjeserz. Weg von Kranzlhofen. Weg von Tuderschitz. Der wahre Grund war: Neuland. Welteroberung. Wiederbelebung. Auferstehung. Der wahre Grund war: Das Wunder, weit wegzukommen. Und endlich wieder mitten in einer fremden Sprache zu sein: *Roken brengt u en anderen rondom u ernstige Schade toe. Roken veroorzaakt Verstopping van de Bloedvaten, Hartaanvallen en Beroertes.* Scheußlicher Sprachklang. Die Terroristen lauern überall. Die Kürze der Reise – sie dauerte nur 24 Stunden von Sonnenaufgang bis Sonnenaufgang, und kein Hotelzimmer war gebucht, wo mich im Bett Panikattacken oder die Klag hätten heimsuchen können, nur eine schlaflose Übernachtung am Kölner Flughafen vorgesehen – die Kürze der Reise also kam meinen Zwecken sehr entgegen: 24 Stunden Nichtsterben sind leichter zu bewerkstelligen als 48 Stunden Nichtsterben, als 72 Stunden Nichtsterben, gar eine ganze Woche Nichtsterben mitsamt sechs Nichtsterbenächten, ausgesetzt irgendwo in der Wildnis einer fremden dunklen Herberge ohne Intensivstation.

Erasmus fiel mir ein, weil sein *Laus stultitiae* eine wichtige Lektüre in meiner Studentenzeit gewesen war. Aber der Gedanke, dass Rotterdam auch eine Adresse der österreichischen Literatur ist, ist mir bei der Stadtrundfahrt gar nicht gekommen. Was ich gesehen habe und was kaum zu übersehen war: Dass kaum eine europäische Stadt so vollständig zerstört worden ist wie Rotterdam. Dass weder das Rotterdam des Erasmus noch das Rotterdam des holländischen Oberösterreichers existiert und auch nichts mehr davon zu bemerken ist. Das habe ich gesehen und zugeben müssen, dass, wenn etwas völlig zerstört ist, es auch völlig neu gebaut werden kann – und muss. Rotterdam wird nicht wiederaufgebaut. Rotterdam wird neu gebaut, und der Neubau ist auch nach einem halben Jahrhundert noch nicht ganz abgeschlossen. Eine Stadt hat freilich bedeutend mehr Existenzzeit als ein Mensch. Gefahren sind wir durch ein schier endloses Ensemble verglaster, verspiegelter Betonklötze, aber doch keine uninteressante Architektur, die diese Stadtgeschichte von Stirb-und-Werde erzählt. Die Stadt hat einen Geschichtsinfarkt erlitten, die Stadt war tot, jetzt lebt sie wieder: Aber ob sie noch dasselbe Wesen ist, ist unmöglich zu sagen.

Mein Rotterdamer Erfolgsbericht in aller Kürze, Ottilie: Ich habe überlebt! Ich bin noch immer versehrt und noch immer verstört, und ich werde noch immer sterben. Aber diesmal habe ich überlebt, so weit weg von zu Hause, so weit weg vom Krankenhaus und von der Intensivstation. Rückwirkend kann mich diesmal kein Tod mehr erwischen. Während die Schlachtenbummler um mich Schlachtgesänge anstimmten, Heineken Bier tranken und ganz selbstverständlich existierten, habe ich mitten unter ihnen *überlebt!* Im Flugzeug nach Köln, im Bus nach Rotterdam, bei der Stadtrundfahrt, am Hafen, auf der Erasmusbrücke, am Ufer der Maas, im Café Rotterdam, im De Kuip: Überall habe ich überlebt. Nirgendwo bin ich zusammengebrochen. Nirgendwo

hat mich das Korsett in mir zerquetscht; auf allen Stationen der Reise 24 Stunden lang: nicht der geringste neue Herzinfarkt!
Hundemüde, aber zum ersten Mal seit langer Zeit wieder stolz auf mich und mit dem Gefühl der Genugtuung, endlich, endlich ganz ein bisschen auferstanden zu sein, setzte ich mich zum Rückflug ins Flugzeug, das im Morgengrauen abhob und sich auf den Weg in den Himmel machte. Am Himmelsweg heimkommen, unversehrt: Das habe ich nachholen müssen, davon habe ich eineinhalb Jahre lang geträumt, und das habe ich nachgeholt. Vom Himmel aus sah ich irgendwo über Deutschland die Sonne aufgehen. Vom Himmel aus sah ich Frankfurt, Nürnberg, München. Vom Himmel aus sah ich aus dem parzellierten Flachland eine zerklüftete Bergwelt werden, sah ich den Großglockner und die Gletscher in der Morgensonne. Vom Himmel aus habe ich es schließlich Kärnten werden sehen. Vom Himmel aus habe ich die Nebelschwaden über der Wörtherseelandschaft sich lichten sehen. Vielleicht war ich von zwei durchwachten Nächten und den Aufregungen unterwegs ja so erschöpft, dass ich im Flugzeug für ein paar Augenblicke eingenickt bin: Aber plötzlich war unten am Wörthersee Hochsommer. Plötzlich habe ich vom Himmel aus vor dem Monkey Circus in Velden ein junges Mädchen mit pechschwarzem Haar gesehen, das an einem Longdrink genippt hat, und das warst du, Ottilie. Daneben einen Burschen, der seinen ganzen Mut zusammengenommen und das Mädchen angesprochen hat, und das war ich. Plötzlich habe ich vom Himmel aus uns beide ins Wasser hechten und mit kräftigen Tempi im Wörthersee schwimmen sehen, Ottilie, und

nichts Ungesundes war an uns, nichts Trauriges, nichts Tödliches. Wir sind von Velden nach Maria Wörth geschwommen: Da war ein Steg und ein kleines Wiesengrundstück und eine kleine Holzhütte. Du bist so schön, Ottilie, so lebendig, du bist so jung: Du könntest meine Tochter sein. Mein Kind. Meine Ururgroßmutter. Meine Frau. Und meine Seele. Vom Himmel aus habe ich gesehen, wie wir aus dem Wasser gestiegen sind. Wir haben uns auf die Holzplanken gelegt und die Wassertropfen auf unserer Haut von der Morgensonne trocknen lassen. Deine glatte Haut, Ottilie, deine glücklichen Augen! Dein guter Geist! Weit und breit war keine Molltonart. Keine Klag. Keine Herzschwere. Kein Ertragenmüssen.
Dann hast du mir die Wurzel aus dem Mund genommen, eine John Player Special zwischen die Lippen gesteckt und mir Feuer gegeben: Die hast du dir verdient, hast du gesagt, und die wird dir nicht schaden. Die wird dich aufleben lassen. Die macht deine Seele gesund. Die eine nur: die putzt dir das Gehirn durch. Nach so schrecklich langer Zeit als medizinisch devoter Untoter und pharmazeutischer Mutant, nach dem so endlosen Marsch durch die Wüste des gebrochenen Willens und der verunstalteten Seele, der Hoffnungslosigkeit und Aussichtslosigkeit und Radfahrrundflucht habe ich an Ottiliens Auferstehungszigarette gezogen und gesaugt wie ein Neugeborenes an der Mutterbrust. Ich habe Freudentränen geweint an deiner Brust, Ottilie. Als ich Haut an Haut neben deinem jungen Körper am Steg lag, in den Himmel schaute, von dem aus ich die Szene sah, nach dem ersten Lungenzug vor Glück fast berstend die Zigarette, zwischen Zeigefinger und Mittelfinger ge-

klemmt, aus dem Mund nahm, hast du dich über mich gebeugt, deine Lippen behutsam auf die meinen gelegt, und mich geküsst. Lippen aus dem 19. Jahrhundert sind gar nicht anders als heutige Lippen. Schenkel aus dem 19. Jahrhundert sind gar nicht anders als heutige Schenkel. Ein Mädchenkörper aus dem 19. Jahrhundert ist gar nicht anders als ein heutiger Mädchenkörper. Ottilie *ist* eine lässige Alte! Wir sind nicht gestorben, wir leben noch heute. Seele zu Seele, Fleisch zu Fleisch. Gehen wir zu mir, Ottilie, oder gehen wir zu dir? Da schaut Ottilie mir in die Augen. Sie fängt plötzlich an zu kichern und sagt: „Du könntest mein Vater sein!“ – „So alt bin ich schon?“ – „Rechne einmal nach! Du hast ja überlebt! Überleben hat auch seinen Preis!“ Und dann bin ich aufgewacht aus meiner Wörtherseesommerwunderwelt, oben am Himmel. Ich bin gelandet und habe niemandem von unserem Kuss erzählt, Ottilie. Aber schon als Punkt im Himmel heute morgen und unter dem frischen Eindruck deines Kusses habe ich mir vorgenommen, dass ich heute in deiner Todesnacht hierher nach Maria Wörth kommen und wenigstens dir erzählen muss, welche Zärtlichkeit wir füreinander gehabt haben, wie nah wir uns gekommen sind. Ein paar Augenblicke lang bist du meine Braut gewesen, Ottilie, und ich war dein Bräutigam – auch wenn du mich jetzt vielleicht schon nicht mehr hörst, auch wenn ich dich vielleicht nicht mehr finde, auch wenn wir hier und heute vielleicht voneinander Abschied nehmen müssen, auch wenn jeder bei sich selbst bleiben muss. Du hast recht, Ottilie. Ich bin jetzt schon zu alt für dich. Ich bin zu alt für diese Art von Unglück. Und einen Vater hast du ja gehabt. Der liegt für dich im Grab.

Wir waren über dem Wörthersee natürlich längst im Sinkflug begriffen, aber noch waren wir in der Luft, noch bin ich geflogen. Wird fliegen, schreiben, rauchen wieder eins werden? Werde ich jetzt, da ich geflogen und endlich so heimgekehrt bin, wie ich heimkehren wollte, auch wieder rauchen, wieder schreiben können, wieder Herr meines Willens sein? Noch fehlt die Glut, noch fehlt die Libido, noch fehlt die Druckerschwärze. Nur das eine habe ich mir von Anfang an vorgenommen, wenigstens diese eine Leidensgeschichte als Nichtraucher zu schreiben, mag sie vielleicht auch schwerfällig oder gar verunglückt sein, mag sie in einem strengen Sinn auch keine Dichtung sein, mag ich sie auch gewissermaßen bloß aufs Papier stottern und Jahre dafür brauchen. Mag ich noch so lang die Lebensluft anhalten. Das habe ich mir geschworen, dass ich mir keine Zigarette anzünde, bevor ich Schwerherzdickkopf diese meine Geschichte gedruckt und gebunden in der Auslage einer Buchhandlung sehe. Dann aber werde ich, so wie ich – ohne zu wissen, ob er mir im Ernstfall wirklich das Leben retten würde – immer den Nitrolingualspray griffbereit in der Tasche habe, anstelle eines Personaldokuments immer und überall dieses Buch mit mir tragen für den Fall, dass ich von einem neuen Herzinfarkt zu Boden gestreckt werde, aber nicht gleich sterbe, sondern zum Sterben zu den weißen Riesen muss und die mich mit dem Tod ringend in irgendeiner Intensivstation wieder besserwisserisch und vorwurfsvoll fragen sollten, ob ich rauche. Dann werde ich, sollten mir die Sterbensschmerzen das noch erlauben, mein wütendstes Menschenfressergesicht schneiden, dieses Buch wie ein Kruzifix gegen den Satan zücken, und die Ärzte von der

Bahre aus anherrschen: Reden Sie nicht! Lesen Sie! Retten Sie! Behandeln Sie und schweigen Sie, worüber nicht zu reden ist! Mögen die Biedermeierbürger dieses Buch über die Qualen des Nichtrauchens und die unbeholfenen Gehversuche eines Untoten meinetwegen als Dokument eines unbewältigten Traumas und vor allem einer unüberwindbaren Sucht lesen. Aber dann mögen sie wenigstens die Größe aufbringen, alle meine früheren Werke als Zeugnisse dafür zu nehmen, was an Schöpferischem diese Sucht zu bewirken vermag.

Von ferne hörte ich in deiner Todesnacht auf der Schiffsanlegebrücke von Maria Wörth schon seit Minuten den Widerhall eines Geräusches, das stetig lauter wurde und sich wie der Lärm eines Zeltfests oder einer Tanzveranstaltung ausnahm. Da aber weit und breit nichts zu sehen war, hielt ich den Lärm zunächst für eine Sinnestäuschung, die ich mir mit meiner Übermüdung nach den zwei durchwachten Nächten erklärte, bis ich schließlich hinter der Schlangeninsel hervorkommend mitten in der Finsternis am dunklen See etwas Helles erkennen konnte, das größer und größer wurde und endlich die *Thalia* war. Der stolze, alte Schraubendampfer war mit Lampions und bunten Lichterketten hell erleuchtet und festlich geschmückt wie bei der Mariahimmelfahrtsprozession im August, und eine tiefe, raue Frauenstimme sang weithin über den See *Killing me softly*, das Lied, das zuerst Roberta Flack gesungen hat. Aber es war niemand an Deck zu sehen, weder eine Sängerin noch Gäste oder Publikum, weder Kapitän noch Matrosen: Als wären alle über Bord gegangen; als hätte sich der alte Dampfer in der Werft von selbst losgemacht und sich mitten in der Nacht davongestohlen und tütend auf große Fahrt gemacht: Ein Geisterschiff mitten am See, ausgerechnet und in der Nacht und an der Stelle, wo du ertrunken bist und dein Leben gelassen hast vor 150 Jahren. Als die *Thalia* an mir vorüberglitt und langsam kleiner und kleiner wurde, um schließlich wieder ganz in der Finsternis zu verschwinden, fiel mir die Sage ein, von der ich heute morgen im Flugzeug in einem Essay gelesen hatte. Sie ist so sprechend, dass sich jede Deutung erübrigt, und sie soll unsere Geschichte beenden, Ottilie.

In Maria Wörth wurde der große Frauentag gefeiert. Schiffe kamen von allen Seiten herangefahren und brachten Andächtige aus nah und fern, die an dem Umgang teilnehmen wollten. Nur ein armer Halterbub drüben in Pritschitz musste zu Hause bleiben und die Kühe hüten, da er weder Schuhe, noch Kleider besaß, um an dem Feste teilnehmen zu können. Traurig stand er auf der Weide und blickte hinüber nach Maria Wörth. Er sah schon die Prozession ziehen und hörte das Beten der Menge, das zu ihm herüberklang wie „Platschiken Platschaken". Der Bub fühlte große Sehnsucht, auch zur Mutter Gottes zu kommen. Er eilte zum See, faltete in inniger Andacht die Hände und, das Geräusch des herklingenden Gebetes nachahmend, schritt er aus und ging trockenen Fußes hin über das Wasser. In Maria Wörth sahen Pfarrer und Andächtige das Kind über den See herkommen. Sie eilten zum Ufer, um das Wunder aus der Nähe zu sehen. Da hörten sie, wie das Kind in inniger Andacht „Platschiken Platschaken" sagte. „Kind", sprach der Pfarrer, „was sagst du da? Das ist ja kein Gebet. So betet man nicht." Und er lehrte es die Worte eines Gebets. „Jetzt, mein Kind, kehre zurück und sprich, was du von mir gelernt." Folgsam ging der Knabe wieder auf das Wasser und sprach das gelernte Gebet. Bald darauf war er in den Wellen verschwunden.